7/03

6/0⁶

5.96

D0462488

Cuerpos sucesivos

Alfaguara es un sello editorial del Grupo Santillana

www. alfaguara.com

Argentina
Beazley, 3860
Buenos Aires 1437
Tel. (54 114) 912 72 20 / 912 74 30
Fax (54 114) 912 74 40

Bolivia
Avda. Arce 2333
La Paz
Tel. (591 2) 44 11 22
Fax (591 2) 44 22 08

Chile
Dr. Aníbal Ariztía 1444
Providencia
Santiago de Chile
Tel. (56 2) 236 85 60
Fax (56 2) 236 98 09

Colombia
Calle 80, nº 10-23
Santafé de Bogotá
Tel. (57 1) 635 12 00
Fax (57 1) 236 93 82

Costa Rica
La Uruca
100 m oeste de Migración y Extranjería
San José de Costa Rica
Tel. (506) 220 42 42 y 220 47 70 / 1 / 2 / 3
Fax (506) 220 13 20

Ecuador
Avda. Eloy Alfaro 2277 y 6 de Diciembre
Quito
Tel. (593 2) 244 52 58 / 244 66 56 /
244 21 54 / 244 29 52 / 244 22 83
Fax (593 2) 244 87 91

España
Torrelaguna, 60
28043 Madrid
Tel. (34 91) 744 90 60
Fax (34 91) 744 92 24

Estados Unidos
2105 N.W. 86th Avenue
Miami, F.L. 33122
Tel. (1 305) 591 95 22 / 591 22 32
Fax (1 305) 591 91 45

Guatemala
30 Avda. 16-41
Zona 12
Guatemala C.A.
Tel. (502) 475 25 89
Fax (502) 471 74 07

México
Avda. Universidad 767
Colonia del Valle
03100 México D.F.
Tel. (52 5) 688 75 66 / 688 82 77 / 688 89 66
Fax (52 5) 604 23 04

Paraguay
Avda. Venezuela, 276, entre Mariscal Ló-
pez y España
Asunción
Tel./fax (595 21) 213 294 / 214 983 / 202 942

Perú
Avda. San Felipe 731
Jesús María
Lima
Tel. (51 1) 461 02 77 / 460 05 10
Fax. (51 1) 463 39 86

Puerto Rico
Centro Distribución Amelia
Calle F 34, esquina D
Buchanan – Guaynabo
San Juan P.R. 00968
Tel. (1 787) 781 98 00
Fax (1 787) 782 61 49

República Dominicana
César Nicolás Penson 26, esquina Galván
Edificio Syran 3º
Gazcue
Santo Domingo R.D.
Tel. (1809) 682 13 82 / 221 08 70 / 689 77 49
Fax (1809) 689 10 22

Uruguay
Constitución 1889
11800 Montevideo
Tel. (598 2) 402 73 42 / 402 72 71
Fax (598 2) 401 51 86

Venezuela
Avda. Rómulos Gallegos
Edificio Zulia, 1º
Boleita Norte
Caracas
Tel. (58 212) 235 30 33
Fax (58 212) 239 79 52

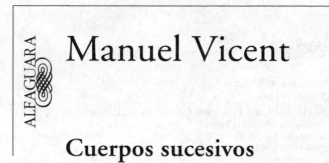

Manuel Vicent

Cuerpos sucesivos

ALFAGUARA

© 2003, Manuel Vicent
© De esta edición:
2003, Santillana Ediciones Generales, S. L.
Torrelaguna, 60. 28043 Madrid
Teléfono 91 744 90 60
Telefax 91 744 92 24
www.alfaguara.com

ISBN: 84-204-6559-3
Depósito legal: M. 1.329-2003
Impreso en España - Printed in Spain

Diseño:
Proyecto de Enric Satué

© Diseño de cubierta:
Estudio 40

© Fotografía de cubierta:
Man Ray. VEGAP, Madrid 2003

... en cualquier ruina suele haber un tabernáculo, una cámara del tesoro o una tumba
que han sido desvalijados. En la ruina de
un hombre ese lugar secreto y vacío es el
alma, pero aquella mujer sólo en ese espacio pudo encontrarse a sí misma...

El otoño, entre todas las hojas amarillas, parecía haber preparado una hoja de acero sólo para que ellos se encontraran. Ana y David se conocieron al final de septiembre en la Residencia de Estudiantes, un lugar que conserva todavía el aire de balneario de entreguerras en el cerro de los Vientos o colina de los Chopos, como llamaba el poeta Juan Ramón Jiménez a esa elevación arbolada de la calle del Pinar, en Madrid. Recién separado de su mujer, David estaba hospedado allí desde el principio del verano en compañía de jóvenes becarios, profesores extranjeros en año sabático y algún artista de paso por la ciudad. Aquella tarde se celebraba en la Residencia un concierto de música de cámara. Un quinteto de cuerda y piano iba a interpretar dos piezas de Schubert en la misma estancia, ahora renovada con maderas nobles y muebles de diseño, donde en otro tiempo habían actuado Stravinski o Debussy y dieron conferencias Madame Curie o Paul Claudel a aquellos universitarios e intelectuales con pajarita de la Segunda República. Los residentes de hoy adoptan todavía aquel espíritu de la Institución Libre de Enseñanza. Son finos y un poco desgarbados, con un punto de despiste, como corresponde al diseño anglosajón de la casa. Ese aire de especie en vías de extinción tenía también David Soria. Alto, flaco, con el pelo gris sobre las orejas, con una elegancia en el esqueleto un poco devastada, era uno de esos tipos que mientras va pensando en la armonía de las esferas tropieza con la primera silla y que al explicar en la mesa con demasiada pasión cualquier teoría vuelca sobre el mantel un vaso o una botella con la mano descontrolada. En eso estribaba el encanto de este profesor maduro. Usaba gafas redondas con montura de acero y ropa buena suavemente desgastada, algo pasada de moda, y era difícil imaginarlo sin un libro o cartapacio bajo el brazo.

A la hora del concierto Ana Bron se presentó en la sala de actos de la Residencia de Estudiantes con un jersey rojo de cuello alto, vaqueros ceñidos, zapatillas deportivas y el estuche del violonchelo colgado del hombro. David estaba sentado en la primera fila cuando ella avanzó hacia el piano por el pasillo central y al principio ni siquiera le llamó la atención aquella mujer rubia, pese a que su forma de vestir y de andar, un poco apanterada, en nada se correspondía con lo que se espera de una violonchelista. Los demás componentes del quinteto parecían tan informales como ella, por eso a David no le sorprendió el beso en la boca que Ana le había dado al pianista, ni reparó especialmente en su rostro durante todo el concierto hasta el momento en que se produjeron las lágrimas.

Comenzaron a sonar los primeros acordes de Schubert y, aunque lejos de esta colina de los Chopos se oía el tráfico de un Madrid polvoriento y satánico, la última luz de septiembre penetraba por los ventanales del jardín dorando el aire de la sala llena de un público compuesto por familias de antiguos alumnos de la Institución, ancianas muy decoradas, universitarios con una palidez de biblioteca y chicas elegantes aunque un poco traslúcidas. *La trucha* es una composición de Schubert para pianoforte, violín, viola, violonchelo y contrabajo con aire de pastoral lleno de felicidad, no exento de melancolía, en la que el oyente es inducido a imaginar en medio de un paisaje de alta montaña el fluir de unas aguas transparentes cuyo sonido se confunde con los mejores sueños. El quinteto era excelente. El violonchelo de Ana Bron iba marcando la melodía básica mientras los dedos del pianista volaban estableciendo en el espacio una emoción acorde con los sentimientos más refinados.

David estaba absorto en su propia nostalgia. El crepúsculo de otoño se concertaba con la memoria de sus días perdidos y el lirismo de la música hizo que sintiera de nuevo una punzada de ansiedad en el estómago. Se preguntó una vez más por qué de un tiempo a esta parte la perfección de un cuerpo adolescente, la suavidad de un paisaje, el recuerdo de una vieja canción, el silencio de una playa solitaria, cualquier clase de armonía le proporcionaba una profunda amargura, como si se estuviera despidiendo de cada uno de los placeres que habían conformado su espíritu. Un hombre está acabado cuando la belleza le pone triste. Esta desazón espiritual sentía ahora David mientras sonaba Schubert, pero como en otras ocasiones trató de refugiarse en alguna sensación placentera de su juventud y esta vez, para consolarse, convocó la imagen de las higueras y granados que crecían en las grietas más altas de las ruinas. Las había visto entre los sillares de Éfeso, de Pérgamo, de Epidauro, en las murallas medievales de Rodas, en otros derruidos baluartes. A esas fortalezas abandonadas habían ascendido las aves durante la larga paz, llevando en sus patas las semillas de esos frutales que luego arraigaron en mitad de los torreones, en la cima de los santuarios cuyos dioses habían desaparecido y también en los acantilados junto al nido de las águilas. De igual modo, pensaba David, la destrucción o soledad a la que estaba sometido podría ser visitada todavía por un ave azul y en los resquicios más inaccesibles de su alma depositaría simientes de flores y entonces volvería para él la gloria, aunque estuviera llena ya de melancolía.

El concierto tenía una segunda parte. A continuación de *La trucha* se interpretó *La muerte y la doncella*, una pequeña pieza para dos violines, viola y violonchelo. El pianista abandonó la sala; el joven del contrabajo se sentó entre el público y en su lugar entró otro violín. *La muerte y la doncella*, de Schubert, es una composición muy patética y fue en el scherzo cuando se produjo un hecho emotivo que obligó a buena parte del público a fijarse en aquella violonchelista rubia. Conmovido por la música David se hallaba al borde del llanto, pero en ese momento vio que era Ana Bron la que había comenzado a llorar de forma muy evidente, ya que, teniendo las manos ocupadas con el instrumento, nada podía hacer para secarse los ojos empañados. El contraluz del ventanal dibujaba muy limpias sus lágrimas, una detrás de otra, que se deslizaban por su mejilla rodeando la comisura de la boca muy pintada y, aunque Ana delicadamente trataba de sorberlas, no lo conseguía.

David tuvo una extraña sensación. Vio que una de aquellas lágrimas se teñía de rojo con el carmín y se convertía en una gota de sangre en los labios de Ana y luego continuaba su camino hasta el extremo de la barbilla y allí se detenía frenada por una leve cicatriz hasta que el peso del dolor, que no era distinto de la ley de la gravedad, la hizo caer sobre la madera del violonchelo y la gota de sangre resbaló lentamente por todo el cuerpo del instrumento, como una nota musical desprendida del arco, hasta llegar al suelo, y allí se transformó en un punto de oro sobre la baldosa blanca. Como el resto del público David también imaginó que la violonchelista no había podido eludir la emoción de la música, pero poco después sabría que aquellas lágrimas estaban unidas a las marcas moradas que Ana exhibía en la garganta y que no lograba cubrir del todo el cuello alto del jersey.

Durante el cóctel que siguió al concierto Ana Bron buscó ansiosamente al pianista por encima de todas las cabezas mientras era felicitada por los asistentes que hallaba a su paso entre los grupos. David se acercó a ella, le ofreció su propia copa de champaña que aún no había probado y le comunicó con mucho énfasis el placer que le había proporcionado su interpretación.

—Gracias por tus lágrimas —le dijo.

—Es usted muy amable —contestó Ana desconcertada ante el halago de aquel hombre maduro.

—Le has quitado el protagonismo a Schubert. Parecía que eras tú la doncella que moría —insistió David con un arranque muy propio de los tímidos.

—¿Usted cree?

—Espero que esta música te haya proporcionado también otras emociones muy agradables.

—¿Es usted psicólogo o algo parecido?

—No.

—Si fuera un buen psicólogo sabría que se puede tener el cuerpo muy feliz y eso mismo te hace sentir muy desgraciada. ¿Entiende usted de esas cosas?

—El alma de las mujeres no es mi fuerte. Perdóname —dijo David.

—Está bien. Le perdono.

—¿Te quedarás a cenar con nosotros? Creo que los músicos estáis invitados.

—Estoy buscando a Bogdan.

—¿Bogdan? ¿Quién es Bogdan?

—El pianista.

—Veo que ha desaparecido. ¿Te ha abandonado?

—Parece que sí.

—Entonces no tienes excusa. Te quedas.

Lejos de ser una joven lánguida, con blusa de seda blanca, falda tableada y zapatos de tacón bajo, como cualquiera podría imaginar a una violonchelista, la primera sensación que Ana Bron produjo a David fue de fortaleza. Tenía las piernas muy firmes, los hombros anchos, los pechos todavía apretados, la boca grande, que al sonreír le partía las mejillas dejándole dos hoyuelos, y las caderas de mucho empuje que había recibido de su abuela alemana, pero el peligro de acercarse a ella estaba en que su belleza iba unida a una mirada desvalida que expresaba, tal vez, una destrucción interior y al mismo tiempo la necesidad de entregarse sin medir las consecuencias. Ana aceptó la copa de champaña y mientras bebía a suaves sorbos David reparó en las marcas que exhibía en su garganta. Parece que alguien ha querido estrangular a esta chica, pensó.

David procuró que la violonchelista se sentara a su lado en la cena que siguió al concierto. En los años veinte aquellos estudiantes con pajarita en este mismo comedor de la Residencia, ante el hervido y la pescadilla, hablaban de temas entonces de moda, de versos quebrados, del hormigón pretensado, de Bergson, de Pirandello, de O'Neill, de James Joyce, de la teoría cuántica, de los fenomenologistas, de la Sociedad de Naciones y de un nuevo esnobismo que consistía en jugar a ser comunista con jersey blanco de pico como quien juega al críquet. Ahora, entre el plato de sopa de primero y la lubina de segundo, la conversación de la mesa versó sobre ruinas tanto arqueológicas como humanas.

—Ninguna ruina tiene interés si no esconde un arcano —dijo uno de los profesores.

—Un arcano es nada —comentó un joven becario que estudiaba egiptología—. Una ruina perfecta es aquella que mantiene aún su estructura y el resto de las piedras ha desaparecido. Uno va buscando el alma que le dé sentido a todo aquello, una tumba, un tabernáculo, la cámara del tesoro. Después de una excavación científica llegas hasta el espacio más hermético y, en cuanto lo abres, descubres que dentro no hay nada. La tumba está vacía. El tesoro ha sido robado y en el tabernáculo el aire estancado de muchos siglos ha sustituido al dios que allí se veneraba. Pero ese vacío es el que mantiene en pie la estructura de aquel templo, palacio o panteón, no sé si me explico.

—Perfectamente. Sabes muy bien que en ninguna de las pirámides de Egipto se encontró nunca la momia de ningún faraón, ni siquiera el polvo de un muerto desconocido. ¿Qué había allí dentro? Nada. Eso mismo sucede con las personas. Miradme a mí y decidme si no estáis de acuerdo —exclamó David bromeando.

—¿Qué te sucede a ti? —le preguntó Ana tuteándole por primera vez.

—Nada —repitió David de forma rotunda.

—¿Nada?

—Nada en absoluto —añadió con una sonrisa que quería ser cínica—. A cierta edad, un buen día al mirarte en el espejo descubres tu segundo cuerpo. No es el que sientes en la propia conciencia, sino el que ven los demás, el que te devuelve el espejo irreconocible para ti mismo, que eres su propietario. Es el cuerpo que ve el amor tan querido de Narciso y el que la amante quiere tocar. Un día descubres en él sólo una ruina que no esconde ningún misterio. Es terrible que alguien busque tu alma debajo de esa destrucción y no la encuentre.

—¿Crees que es posible seducir a alguien con una teoría tan pesimista? —le preguntó Ana.

—Sólo a alguien que se sienta más destruido que yo —exclamó tirando un vaso al abrir los brazos desmedidos—. ¿Lo veis? Ya he derramado el vino otra vez. Soy una calamidad. ¿Te he manchado?

—Un poco. No es nada —contestó Ana.

—Buscar la compasión de los demás es una forma como otra de narcisismo —añadió otro becario.

—Puede que sea así. A cierta edad la destrucción bien mantenida y gozada puede equipararse a la serenidad de los dioses. ¿Sabéis ese cuento oriental del mendigo que llegó a Damasco y fue conducido ante el tribunal? —preguntó David reclamando la atención de toda la mesa.

—¿Qué le pasó a ese mendigo? —exclamó muy interesada la violonchelista.

Un mendigo misterioso llegó a Damasco y fue llevado ante el tribunal.

—¿Quién eres? —le preguntó el juez.

—Soy alguien más importante que el jeque —contestó el mendigo.

—No puede ser. Más importante que el jeque es el emir —le dijo el juez.

—Soy alguien más importante que el emir —replicó el mendigo.

—Más importante que el emir es el califa —le dijo el juez.

—Soy más importante que el califa —insistió el mendigo.

—Más importante que el califa sólo es Dios —le dijo el juez.

—Soy más importante que Dios —exclamó el mendigo.

—Nada es más importante que Dios —gritó el juez lleno de ira. Entonces el mendigo se levantó del banquillo de los acusados, humilló la cabeza y dijo en voz baja:

—¿Nada? Yo soy Nada, señor.

Después de la cena David acompañó a Ana hasta el pie de la colina por los jardines de la Residencia iluminados por el resplandor nocturno de Madrid. Caminaban despacio, demorándose, como si buscaran en silencio cualquier excusa para no despedirse. Ana llevaba el violonchelo cargado en la espalda. De pronto murmuró caminando entre los setos:

—La historia que has contado la he oído alguna vez. Es muy bella. Pero al mendigo ese sacrilegio le costaría la cabeza, ¿no es así? En alguna parte he leído también que un sufí dijo: «Yo soy la Verdad». Y a continuación fue lapidado. Si sientes que no eres nada, no lo sometas a un veredicto.

—¿Tú me absolverías? —preguntó David riendo.

Ana no le dio ninguna respuesta. Entonces David la tomó suavemente del brazo y la condujo hacia una parte del jardín entre los dos pabellones donde están las cuatro adelfas que plantó Juan Ramón Jiménez y se detuvo frente a una de las ventanas de la planta baja. David le indicó que ésa era su habitación, la misma que ocuparon juntos Dalí y García Lorca y luego Dalí con Buñuel.

—Es un privilegio. Me gustaría conocerla algún día —dijo Ana.

—Cuando Dalí y Lorca vivían en ese cuarto, que entonces era una habitación doble, más grande, se peleaban muchas veces y pasaban días sin dirigirse la palabra, hasta el punto de que llenaban el suelo de arena y hacían caminitos individuales desde la puerta a la cama y de la cama al lavabo. Ponían macetas de geranios en los bordes para caminar sin rozarse.

La vida para ellos consistía en divertirse. Un día Alfonso XIII visitó la Residencia. El conserje gritó: «¡Que viene el Rey!». Y Buñuel, que se estaba afeitando en esa habitación, salió al jardín en pelota con la cara enjabonada y se puso el sombrero para poder saludar.

—Parece que se lo pasaban bien, como si hubieran nacido para jugar —dijo Ana.

—En esta Residencia solían hospedarse a veces Unamuno, Antonio Machado y Alberti, pero aquí también se iniciaron grandes historias de amor. En este mismo jardín se conocieron el poeta Pedro Salinas y la estudiante norteamericana Katherine Whitmore, que fue su amante secreta, a la que no cesó de escribir durante quince años unas cartas tórridas de amor.

—Veo que este lugar tiene muchos fantasmas. ¿Habrá quedado alguno de sus duendes?

—Tal vez.

—¿Sabes? Todavía no te he preguntado quién eres y qué haces aquí. Sólo sé que te llamas David porque alguien ha pronunciado ese nombre en la mesa.

—¿Nada más?

—También sé que tienes la vanidad de los que presumen de derrotados —dijo Ana.

—Entonces, prácticamente ya lo sabes todo de mí. Estoy solo y de momento me he refugiado aquí después de mi última batalla perdida. Trabajo en una investigación sobre una hija que tuvo García Lorca.

—¿García Lorca tuvo una hija? ¿Cómo es posible? Estás loco.

—Bueno. ¿Por qué no?

—No sé. Es lo último que podría imaginar.

—¿Y tú? ¿Quién eres, aparte de las lágrimas? —le preguntó David en la oscuridad del jardín.

—Ya ves, soy violonchelista —contestó Ana—. Después de diez años de conservatorio me he ganado la vida interpretando en el parque del Retiro un estándar de jazz los domingos, he acompañado al bandoneón de un argentino en la plaza Mayor, he amenizado las cenas en un restaurante pijo, he dado clases particulares, he tocado en la Orquesta Sinfónica y hace dos años conocí a Bogdan en una casa ocupada en Lavapiés donde un día, colgada del andamio de la fachada, llegué a interpretar una de las seis suites de Bach para violonchelo como una forma de resistencia contra la policía, cuando se disponía a desalojarnos. Me aplaudieron más de cien curiosos desde las ventanas mientras en la calle había un despliegue de guardias, ya sabes. Ahora con Bogdan Vasile hemos formado el quinteto Bucarest y acudimos donde nos llaman. Siempre voy cargada con este instrumento. Pero estoy saliendo de una historia muy negra.

—¿Has llorado por eso?

—Tal vez.

—¿Querrás contármelo un día? El violonchelo tiene un timbre muy parecido al de la voz humana. Es muy cálido —dijo David.

—Ese sonido tan humano sale de un arco fabricado con crines de la cola de caballo. Nunca de yegua porque la yegua las orina y su ácido las hace poco consistentes. Es un instrumento que se toca con las piernas abiertas —contestó riendo Ana.

Pese a que el resplandor nocturno de la ciudad hacía visible el rostro de Ana en el jardín de la Residencia, su expresión al pronunciar estas palabras se le hurtó a David y luego hubo entre ellos el silencio de sus propios pasos que se extendió hasta ganar la calle al pie de la colina. David propuso llevarla a casa en su coche. Durante el camino desde la Castellana hasta aquella plazoleta del Madrid de los Austrias hablaron de cosas banales, se intercambiaron los teléfonos y quedaron en tomar café cualquier otro día, pero, viendo que a medida que se acercaba el fin del trayecto el rostro de Ana se ensombrecía, David le preguntó:

—¿Quién te espera en casa?

—Nadie.

—Parece que temes a alguien. Puedo ayudarte si quieres. No soy un héroe, pero la vanidad puede llevarme muy lejos.

—Déjalo. ¿De modo que García Lorca tuvo una hija? —exclamó Ana para desviar la conversación.

—¿Te está esperando el pianista?

—Si existe una hija de García Lorca tendrá que estar en alguna parte. ¿Sabes dónde está? ¿La has encontrado? —insistió Ana.

—Ese pianista es increíble. ¿Cómo se puede tocar con tanta delicadeza y tener ese aspecto tan duro? —exclamó David.

En ese momento el coche entró en la plazoleta, David lo detuvo delante del portal de Ana y ambos quedaron callados. Ella miraba la noche por la ventanilla con los ojos perdidos. Él prendió un cigarrillo. Después de un silencio que estaba a punto de hacerse embarazoso, Ana se volvió hacia el rostro de David y exclamó en voz baja:

—¿Cómo estás?

Esta pregunta aparentemente anodina fue captada por David con toda la carga de ternura desvalida que llevaba. Entonces él le preguntó:

—Y tú ¿quién eres?

—No sé.

—¿Quién eres? —repitió David con más poder.

—Puedo ser para ti el azar de la mujer rubia.

—Suena bien.

—Es un verso de Pessoa.

—Ah.

—Mira, todavía tengo la mancha de vino. Mañana cuando la limpie tendré que acordarme de ti —dijo Ana señalado un punto oscuro en la rodilla del pantalón.

Ambos se sostuvieron la mirada y ella sin añadir nada más salió del coche. Luego, desde el portal abierto con el violonchelo al hombro, Ana le hizo un gesto de despedida trazando con el dedo un círculo alrededor del oído para insinuarle que esperaba su llamada.

David la llamó en cuanto llegó a la Residencia. Eran las dos de la madrugada. Antes de marcar el número de teléfono respiró profundamente para controlar su timidez y a continuación decidió arrojarse al vacío, pese a la desazón que siempre le asaltaba cuando iba a emprender una nueva aventura. Ana estaba despierta en la cama y descolgó el aparato sin dejar siquiera que sonara por segunda vez. David comenzó a hablar en voz baja, un poco quemada por el deseo. Le dijo:

—Si con la yema de un dedo bajara por el perfil de tu rostro desde la frente hasta tu boca...

—¿Qué?

—... y en tu boca con el dedo hiciera una presión muy leve sobre tus labios y te pidiera que los entreabrieras para mí... ¿lo harías?

—Sí —respondió Ana al final de un silencio dubitativo.

—Y si después de humedecer la yema del dedo en tus labios siguiera camino...

—Sí.

—... por tu mejilla y descendiera por el cuello y te acariciara allí esas marcas que te ha dejado alguien que tal vez te quiso estrangular... ¿me dejarías?

—Sí.

—¿Realmente te han querido estrangular? —preguntó David con emoción.

—Deja eso ahora —contestó Ana.

—Relájate. Te estoy acariciando esas huellas en tu garganta...

—No lo hagas.

—Está bien... Y si desde esas huellas mi mano bajara por la curva de tus senos y ganara tu brazo desnudo que ahora está relajado sobre la cama y te fuera acariciando la mano hasta llegar a entrelazar mis dedos con los tuyos... ¿me dejarías?

—Sí. Claro que sí.

—Y si mi mano se soltara de la tuya y se fuera temblando hacia tu regazo...

En la siguiente madrugada David, por teléfono, fue ganando nuevos territorios sobre el cuerpo de Ana Bron, aunque procuró con mucha sabiduría que esta conquista fuera lenta, llena de delicadeza, como una partitura que se aprende a tocar, de modo que en la segunda aproximación se conformó con alcanzar la corola de sus senos y entretenerse acariciando con la yema de los dedos el botón cada vez más duro de sus pezones. Tampoco encontró por parte de Ana ninguna resistencia para llegar hasta allí. Los dos habían comenzado a excitarse.

—¿Estás bien? —le preguntó con voz oscura David.

—Estoy bien.

—¿Estás bien hasta el fondo de todo?

—Sí —dijo la mujer.

—Ahora voy a bajar la mano por tu vientre. Suave. Suave. Nadie te lo hará con más ternura.

—Sí.

—¿Te gusta así?

Las mujeres se abren por el oído. Es como si guardaran ahí la combinación secreta de su caja fuerte. Empiezas soplándoles palabras dulces, cargadas de deseo, y ellas se van ofreciendo suavemente. David tenía cierta experiencia en este sentido y aunque no dejaba de sentirse ridículo al realizar este juego a su edad, siguió llamando a Ana por teléfono a altas horas de la madrugada. Desde la tercera jornada de excitación ambos habían comenzado a reconocerse en todos los quebrantos de la voz y en los últimos gemidos e incluso en el silencio que a veces se establecía entre ellos. David era consciente de que tenía muy pocas cartas para seducir a aquella mujer tan atractiva, veinte años más joven, y una de ellas consistía en encender con cierta elegancia cansada su imaginación usando sólo las palabras precisas. Una de aquellas noches el profesor le explicó el sueño que había tenido.

—En medio de la selva yo era un hombre primitivo que aún no conocía el fuego. Había oído contar que los hechiceros de una tribu desaparecida lo habían obtenido frotando dos palos con mucho rigor, pero tú estabas tendida a mi lado y me decías que había una civilización muy avanzada llena de ciudades muy bellas y en ellas el fuego también se generaba pronunciando algunas palabras dulces. Háblame siempre así, me dijiste. Y me puse a hablarte tiernamente al oído. De pronto, de esa fricción de mi aliento contra tu carne vi que brotaba una primera llama que en seguida se propagó a todo tu cuerpo desnudo.

—¿Comencé a arder toda entera? —preguntó Ana.

—Ardiste por completo en tu propia hoguera durante mucho tiempo, pero luego tu cuerpo se fue apagando, hasta quedar convertido en una oscuridad llena de brasas y con ellas se iluminó una ciudad de noche. Yo andaba per-

dido por sus calles hasta que llegué a una plazoleta donde había un pedestal que sostenía un
ídolo de ébano.

—¿Un ídolo? ¿Era una mujer? ¿Cómo
era?

—No sé. En el pedestal había una ins-
cripción indescifrable, pero escrita en letras de
oro.

David había elegido la complicidad de
la noche y la fuerza sugestiva que la voz oscura
y la ausencia del cuerpo daban a la imaginación
para contarle historias de viajes y navegaciones, seguidas de cuitas de amor un poco anti-
cuadas, que se correspondían con el corazón de
un hombre vencido. ¿Qué le quedaba sino la
ficción y la soledad cuya fusión tanto excita a
una mujer dispuesta a volar? Podían huir juntos a Alejandría.

—Sin conocerte te he soñado en el fondo de todos los valles, te he vislumbrado en la
oscuridad de todos los aljibes, te he esperado
en todos los atrios y por fin te veo llegar desnuda hasta mí. Necesito verte —le dijo David.

—¿Cuándo? —preguntó Ana.

—Si no quieres fugarte conmigo a Alejandría podemos tomar un té bajo el sonido de
los versos de Salinas y Cernuda. El sábado hay
un recital de poesía en la Residencia de Estudiantes. Es otra forma de huir.

—Antes debo hacer sola otro viaje —contestó Ana con un tono enigmático.

—¿Adónde?

—Muy lejos. Pero te llamaré cuando vuelva.

... Lilit, primera mujer de Adán, anterior a la creación de Eva, antes de que el amor la convirtiera en un ángel, fue la reina de los demonios y de todos los espíritus maléficos que para vivir se alimentan de sangre, que es el alma de la carne...

No se movió de la ciudad, ni siquiera salió de casa, pero el viaje, una vez más, lo realizó Ana hasta las puertas del infierno. Su amante Bogdan Vasile no había cesado de requerirla esos días y ella no pudo resistir la tentación de volver a recibirle en casa esa tarde aun sabiendo que se repetiría el rito de siempre y lo terrible era la intensidad con que lo deseaba. Antes se maquilló la cara con polvos traslúcidos, se pintó los labios de un rojo muy vivo y durante la espera se puso a ensayar una de las suites para violonchelo de J. S. Bach sin poder concentrarse pensando en el dominio que ese hombre con quien estaba viviendo una pasión límite, muy cerca del abismo, ejercería de nuevo sobre ella.

Un timbrazo violento interrumpió la dulzura del violonchelo que sonaba en la habitación del fondo. Ana corrió por todo el pasillo con el corazón desbocado y al abrir la puerta apareció en el rellano la poderosa figura de su amante despeinado y sonriente, el pianista

Bogdan Vasile, un rumano de cuarenta y cinco años, de cuello poderoso y ojos oscuros muy profundos, con pinta de entrenador. La chica se arrojó contra su pecho y Bogdan recibió su cuerpo sin sacar las manos de los bolsillos del chaquetón de cuero, pero con la boca se abrió paso por debajo de la melena rubia de la mujer para darle un mordisco en la nuca con una intensidad que él sabía detener muy bien en el límite del dolor. Con eso a ella se le aflojaron las piernas y quedó sin defensas, ya preparada para el sacrificio. Luego la rodeó con un brazo y la llevó hacia el dormitorio. Iba vencida en silencio con la cabeza ladeada en su hombro, pero a mitad de camino en el pasillo comenzaron a besarse, a despedazarse brutalmente la ropa buscándose toda la piel y, cuando ya estaban casi desnudos, Ana logró zafarse de las garras del rumano para poder respirar. Jadeando después de este primer asalto, le dijo:

—Te preparo una copa.

—Está bien. Primero, un poco de vodka y luego te bebo a ti —contestó Bogdan abrochándose los pantalones.

Cuando Ana entró en el dormitorio con la bandeja se estremeció al ver la navaja encima de la mesilla. Otra vez la sangre, pensó. La mujer sabía que debería estar dispuesta de nuevo, de modo que tan pronto quedó desnuda sobre la cama, después de recibir las primeras caricias un tanto rudas, pronunció las únicas palabras que Bogdan quería oír:

—Haz conmigo lo que quieras —murmuró con la voz apagada y los ojos cerrados para recibir sobre su cuerpo el espíritu del lobo.

Fue la primera vez en que apareció el tercer hombre. Después de tres horas de amor Bogdan Vasile y Ana Bron habían quedado sucios, con las sangres intercambiadas, muertos de placer en la cama compartiendo un cigarrillo y así permanecieron mucho rato en silencio, que sólo interrumpían para lamentarse y pedirse mutuamente perdón.

—Tenemos que salir de esto. No sé si podré resistir mucho más —dijo Ana.

—Lo harás por mí siempre que te lo pida —murmuró Bogdan.

—Sí —dijo ella.

—Así me gusta.

—Un día me puedes matar. ¿Lo sabes?

—Claro. Lo sé —dijo Bogdan echándole el humo a la cara.

—Ya no puedo seguirte.

—¿Lo dices por ese hijo de puta? ¿Quién es? —preguntó, de pronto, Bogdan con una sonrisa cínica.

—¿De qué hablas?

—Estás con otro. Tienes un amante.

—No.

—Entonces, ¿quién es ese Martín al que has llamado a gritos?

—¿Cuándo? ¿A quién he llamado? —exclamó Ana.

—Mientras te chupaba la sangre del cuello y te corrías no has hecho más que repetir un nombre que no es el mío. Has gritado: ¡¡Martín, Martín!! Le pedías que viniera, ven..., ven..., Martín..., amor mío, le decías. Has llamado a ese hijo de puta. ¿Quién es?

—¿De veras? Es muy raro. Por muy muerta que esté de placer, ¿cómo puedo pronunciar el nombre de alguien que no sé quién es? Jamás en mi vida he conocido a nadie que se llamara Martín. No sé quién es ese hombre. Será que me estoy volviendo loca.

—Mejor que ese Martín no exista. Mucho mejor para él —dijo Bogdan.

Habían llegado al final de un camino. Más allá del placer que habían alcanzado sólo estaba la muerte, que en este caso hubiera sido la solución más asequible. Morir abrazados es una aspiración corriente entre amantes, pero Ana llevaba muy mal esta pasión, no porque hubiera llegado a un grado de violencia tan alto que ya había alcanzado una degradación mística, cosa que la excitaba hasta tenerla enganchada como a la droga más dura. Ana no soportaba que esa entrega sin reservas hubiera que vivirla de forma clandestina, con la humillación de tener que alimentarla con llamadas de teléfono interrumpidas, citas a horas intempestivas y el juego de las mentiras habituales de quien lleva una doble vida. Katia, la mujer del pianista, era también rumana, una chica desamparada que tenía en Bogdan la única posibilidad de sobrevivir en el mundo. El amor de Ana debía pasar por encima de esta perenne agonía para llegar a Bogdan y este esfuerzo la obligaba a desdoblarse hasta romperse por dentro. Ahora, mientras apuraba el cigarrillo, Bogdan le dijo:

—La otra noche, después del concierto en esa Residencia, cuando volví a casa, Katia no estaba. Había desaparecido. Al acostarme noté algo muy duro debajo de la almohada.

—¿Qué era?

—Katia había dejado la garra de un perro cortada con un cuchillo.

—Es espantoso —exclamó Ana aterrorizada—. ¿Qué significa ese rito en vuestro país?

—No tengas cuidado. Estoy dispuesto a hacer cualquier cosa para no perderte, si tú me ayudas —dijo Bogdan.

Con el rostro demacrado y una herida palpitante en el cuello, tapada con un esparadrapo, acudió Ana a la cita con David Soria en la Residencia de Estudiantes para tomar el té a media tarde, que se acompañaba con una lectura de poemas. De pie junto al piano Pleyel, que un día tocó García Lorca, una chica de cara lavada leía versos de Pedro Salinas:

Cuando dices: «Me quieren
los tigres o las sombras»
es que estuviste en selvas
o en noches, paseando
tu gran ansia de amar.
No sirves para amada;
tú siempre ganarás,
queriendo, al que te quiera.
Amante, amada no.

La voz debida a Pedro Salinas se mezclaba con el sonido de cucharillas que brotaba de las mesas de la sala y en una de ellas, sobre el mantel, David tenía enlazada la mano de Ana y a veces acariciaba con la yema del dedo las venas azules que recorrían el dorso, el brazo y luego se perdían por debajo del jersey rojo camino del corazón. Era un roce apenas velado, que a Ana le erizaba toda la piel porque le recordaba su primer contacto con el deseo cuando era muy pequeña y con él se sintetizaban todos los amores que había recibido a lo largo de su vida. La voz de la poeta decía ahora unos versos de Cernuda:

Beber dos veces de la misma agua,
Y al invocar la hondura
Una imagen distinta respondía,
Evasiva a la mente,
Ofreciendo, escondiendo
La expresión inmutable,
La compañía fiel en cuerpos sucesivos,
Que el amor es lo eterno y no lo amado.

Por la memoria de Ana Bron cruzaron las ráfagas de algunos de esos cuerpos sucesivos por los que su amor había pasado desde niña y el primero fue el de aquel muchacho, Javi, cuando una tarde de verano, en un pueblo perdido entre los montes, los dos subieron al granero de la casa de sus abuelos para ver el nido que los palomos habían hecho en el cobertizo. Allí sucedió su primera sangre. Ana tenía diez años. Uno de los alambres oxidados que fijaba el peldaño roto de la escalera de mano se incrustó agriamente en su rodilla. Tendida sobre el heno oía el zureo de los palomos mientras aquel muchacho inició un juego con ella lamiéndole la herida una y otra vez. Para que no te dé el tétanos, le decía. ¿El tétanos? ¿Qué era el tétanos? Ahora recordaba la extraña turbación que experimentó al ver sus labios llenos de sangre y se sorprendió al comprobar que todavía se excitaba imaginando a aquel chico arrodillado entre sus piernas.

—Desde aquí se ve el mar —le dijo Ana.

—Eso es imposible. El mar está muy lejos —exclamó Javi.

—Pues yo veo el mar —insistió Ana.

—No lo ves —repitió el muchacho mientras seguía lamiéndole la rodilla.

—Desde este granero veo barcos, gaviotas, marineros y una pequeña isla con una playa secreta de arena muy blanca.

—¿Cómo puedes ver el mar si está detrás de muchas montañas?

—Qué importa. Yo lo veo.

—¿Quieres ver una cosa que es más bonita que el mar? —le preguntó, de pronto, el muchacho.

—¿Qué?

—Prométeme que no se lo contarás a nadie. Súbete un poco la falda.

Javi comenzó a acariciarse el sexo de pie ante las piernas abiertas de Ana y ella, paralizada, atendía con mucha curiosidad a aquella acción que el chico acompañaba con gemidos y la mirada cada vez más turbia. Zureaban los palomos. Los chillidos de los vencejos traspasaban aquel cielo de septiembre; olía a pinaza caliente, a poso de trigo y a humo de un incendio de rastrojos. De pronto la niña vio que desde el sexo del muchacho caía sobre su herida un grumo viscoso en forma de espuma de mar o flor de jara. Había brotado de repente y no era el mar lo que había divisado, pero desde entonces aquella herida y la espuma de mar o flor blanca sobre ella se fundieron creando una memoria azul que siempre fluía en olas imaginarias y campos de jaras en los momentos de su pasión sobre otros cuerpos.

—Mezcla este líquido con tu sangre para que no te dé el tétanos —repitió el muchacho.

—¿Qué es el tétanos?

—Si no desinfectas la herida, puedes quedar yerta para siempre, muerta con los ojos abiertos, paralizada oyéndolo todo a tu alrededor sin poder hacer nada.

Con la yema del dedo Ana mezcló la sangre y el esperma; se llevó el dedo empapado a la nariz para olerlo profundamente con los ojos cerrados y luego lo probó con la punta de la lengua. Pensó que sabía a alga ligeramente salada, un olor y un sabor que construiría su alma a través de todos sus amores sucesivos.

El juego con aquel muchacho duró hasta la primavera y ella lo mantuvo en secreto bajo la amenaza inconcreta de que algo muy grave le sucedería si lo quebrantaba. Cuando la niña volvía los fines de semana al pueblo con sus abuelos, los dos subían al granero y desde allí oían las voces de la calle, los gritos de otros niños, el canto de los pájaros y el sonido que producen los enseres y herramientas cotidianas, pero ellos se sentían lejos, a salvo, en un viaje imaginario. Mientras jugaban a explorarse el placer dentro de sus cuerpos, hasta encontrarlo en los más íntimos pliegues bajo los pantalones o la falda de pana y los leotardos, las tardes fueron tomando primero un perfume de manzanas maduras, después vino la humedad de las lluvias de invierno que tenían cuatro goteras en el cobertizo con pájaros ateridos y así hasta que llegó el primer fragor de los rosales contra la tapia encalada. Ana comenzó a sentir que aquel juego tan excitante estaba dividiendo ya su pequeña alma. En realidad, había adquirido el poder de convocar aquella visión azul, llena de algas verdes con sabor a semen, pero aquel mar confuso o los campos de jaras que veía dentro de su carne llena de gemidos nunca lo podría separar del miedo a quedar yerta toda la vida, muerta con los ojos abiertos, sumida en un sueño lleno de terror después del placer.

Cuando Ana oyó que el verso de Cernuda decía que el amor es lo eterno y no lo amado, miró a David intensamente a los ojos y le apretó la mano sonriendo con cierta complicidad. Y así fue cayendo la tarde de octubre en la Residencia. Después de la velada poética David quiso que Ana conociera su cuarto, situado en la planta baja del primer pabellón cuya ventana le había señalado desde el jardín la noche en que se conocieron. El pasillo era ancho y limpio, como de sanatorio antiguo. Lo recorrieron en silencio oyendo sus propios pasos sin pensar que estaban iniciando un camino que les llevaría muy lejos. Cuando entraron en la habitación Ana percibió un aroma a lavanda que le iba muy bien a aquel espacio despojado, casi monacal, amueblado con una cama metálica, una estantería, un armario y un lavabo, todo muy ascético, aunque sobre la mesa había cierto desorden de libros, papeles y carpetas, con fotografías y cartas de La Habana y de Nueva York y un retrato enmarcado de una niña sonriente de pocos años.

Las habitaciones huelen como el alma de quien las vive profundamente y éste era el cuarto de un profesor con una sola maleta, presta a levantar vuelo. Ana imaginó que esa austeridad se correspondía con el talante exterior de David. Por otra parte la inseguridad de aquel hombre la hacía sentirse bien. Una mujer sabe siempre cuándo manda.

—Aquí en la Residencia corre una leyenda. Todo el mundo tiende a creer que su habitación es la misma que compartieron García Lorca y Dalí —dijo David.

—¿Tú, también?

—Hay tantas teorías que alguien debería escribir una tesis doctoral sobre esto. En aquella época aquí había dos camas y el lavabo. La ducha estaba al final del pasillo. Ésta es la habitación auténtica. En esta cama dormía el poeta.

—¿Estás seguro?

—Hay que creerlo así.

Ana se agitó para que sonaran los muelles y luego quedó recostada con el codo apun-
talado en la almohada, y estaba espléndida con
los vaqueros ajustados, el jersey rojo de cuello
alto, la melena pajiza, las zapatillas deportivas y el mohín en los labios carnosos. Se sentía
con poder y le retaba con su mirada desvalida
porque sabía que enfrente tenía a su merced
a un hombre maduro que la deseaba. Le despertaba mucha ternura verle tan nervioso tro-
pezando primero con una silla, después con la
papelera y luego con el canto de la mesa, un
golpe que derribó aquel retrato de la niña. Era
su hija cuando tenía tres años. Murió poco después de hacerle esta foto. Fue una tragedia. David dejó el retrato boca abajo, luego se acercó
a la ventana y de espaldas comentó:

—Hay una luz muy bonita esta tarde.
¿No quieres verla? La sierra está ligeramente
violeta y sobre ella el cielo parece ensangrenta-
do. Acércate.

—¿Sabes que se está muy bien en esta
cama?

—Mira estas adelfas del jardín —insistió David sin volver el rostro.

—Me dijiste que las había plantado alguien famoso.

—Las plantó el poeta Juan Ramón Jiménez en tiempos de la Segunda República.
Hace setenta años. Todavía florecen con mucha fuerza. He pasado todas las tardes de este
verano viendo cómo la última luz se concen-
traba en sus flores. Con ellas he cerrado los días
desde que estoy aquí. Y sólo con esa luz me he
consolado. Ahora ya se han podrido. ¿Sabes que
las adelfas son muy venenosas?

Ana se incorporó de la cama, se acercó
a la ventana, apoyó su cabeza en el hombro de
David y éste le pasó la mano por la cintura
atrayéndola ligeramente hacia sí, de modo que
los dos quedaron un rato en silencio iluminados por el crepúsculo de la ciudad y después
ella, como si hablara sin desear ser oída, murmuró:

—Tienes que ayudarme.

—¿Qué te pasa?

—Estoy saliendo de una historia muy
dura, demasiado dura, muy triste, muy hermosa, pero ya no puedo más —dijo Ana.

—¿Qué puedo hacer?

—Tienes que salvarme. ¿Dices que las
adelfas son venenosas?

—Por ellas murieron algunos héroes grie-
gos y romanos. Y también algunos caballos de
Atila.

—Me gustan.

—Y a mí me gustan también esas marcas venenosas que tienes en el cuello. ¿Qué te

ha pasado? ¿Qué tienes debajo de ese esparadrapo? ¿Puedo verlo?

—Hazlo, si quieres —murmuró Ana.

David le bajó ligeramente el cuello del
jersey y posó los labios entreabiertos sobre
aquellas huellas producidas por una violencia
muy reciente. El esparadrapo ocultaba un punto oscuro bajo el cual palpitaba una vena grue-
sa de sangre. David besó con suavidad aquella
marca y luego condujo a Ana hacia la cama
por la cintura, pero ella se soltó un instante para
acercarse a la mesa de estudio y colocó de nuevo el retrato que David había derribado.

—¿Está bien así? —preguntó Ana.

—Está bien —murmuró David.

Ahora la niña sonreía con la misma sonrisa cristalizada de la muerte viendo cómo su
padre desnudaba con delicadeza a Ana hasta dejarla tumbada en la cama a su lado. Comenzó a
acariciarle en silencio el perfil del rostro con la
yema del dedo, recordando cómo lo había hecho imaginariamente a través del teléfono de
madrugada, y continuó el camino por donde lo
habían dejado hasta quedar desnudos. Se abrazaron. A ella el deseo la hizo llorar de melancolía. Otra vez estaban allí las lágrimas.

—Lloro a menudo. No te preocupes.

—Eso está bien.

—Anda, ven —murmuró Ana.

—Perdona. Primero debo decirte algo
—exclamó, de pronto, David.

—No hables ahora.

—Esto no es un juego, Ana. Sólo te pido que no me dejes hacer el ridículo. No quisiera que vieras en mí a un seductor de manual. Me gustas mucho, pero no sé si podré seguirte hasta el final. Soy muy mayor.

—No empieces.

David nunca había hecho el amor con una mujer que llorara de placer y de nostalgia, al mismo tiempo que se entregaba con una pasión desmedida. A su vez Ana tampoco había experimentado la sensación de estar acogiendo a un hombre derruido que desembarcaba en su cuerpo como en una bahía suave después de un largo naufragio. Cuando sus cuerpos se encontraron fue como si hubieran alcanzado una victoria respectiva, aunque al final del orgasmo, en medio de la risa de felicidad, David quedara con el pecho mojado de lágrimas y Ana tuviera la sensación de haber sido exprimida y navegada por primera vez después de mucho tiempo con una suavidad indecible. Por eso había llorado. Lo celebraron fumando un cigarrillo boca arriba, desnudos, casi a oscuras, con una luz lívida en la ventana.

—Y ahora ¿qué va a pasar? ¿Qué será de nosotros? —murmuró Ana.

—No sé. ¿Estás bien? —preguntó David.

—Ahora estoy bien. Tienes que ayudarme —dijo Ana.

—Cuéntame la historia de ese pianista.

—Algún día.

—Ahora —dijo David.

—No, ahora no. ¿De modo que en esta cama tan ruidosa dormía García Lorca?

—Así es. En esta cama tan escandalosa para el amor durmió un gran poeta —murmuró David—. Tal vez desde esta cama miraba las estrellas.

—¿Sabes una cosa? A mí me enseñó a descubrir las constelaciones el hombre lobo una noche de verano —dijo Ana.

—Estás loca. ¿De veras fue el hombre lobo quien te enseñó a mirar las estrellas?

—Una de ellas lleva mi nombre.

... su amor no era una pasión continua. Se componía de múltiples amores sucesivos. Tampoco su derrota era absoluta, sino un largo camino de vuelta después de muchas caídas...

David se dio cuenta de que era un hombre cobarde aquella noche en que le faltó coraje para arrostrar el peligro que suponía el amor de Silvia, una chica de vida turbia que era su amante. Fue una de sus caídas a causa de la piedad o del miedo, un sentimiento ambiguo que lo atenazaba en los momentos en que había que jugar una carta decisiva. De eso hacía ya diez años. Ese mismo día había almorzado con ella en un restaurante de las afueras y luego la había poseído lleno de pasión entre risas de felicidad irresponsable en aquel enorme bloque de apartamentos donde Silvia vivía y en cuyos ascensores el profesor solía cruzarse con suramericanos de paso y otros tipos desarraigados, algunos de ellos en busca y captura. David se había acomodado a llevar una doble vida teniendo el sosiego en casa y la aventura fuera de ella sin que esto le rayara el alma todavía.

Después de despedirse de Silvia, a media tarde había dado una conferencia sobre Virginia Woolf y el grupo de Bloomsbury en el colegio mayor donde fue residente cuando preparaba la cátedra. Le fascinaban aquellos artistas que habían decidido vivir contra la moral victoriana en aquel barrio de Londres a inicios del siglo XX. Unos escritores, economistas y poetas, Forster, Keynes, T. S. Eliot entre otros, capitaneados por la espléndida neurosis de la suicida Virginia Woolf, trataron de hacer de sus vidas una obra de arte disolvente al fundir la estética con sus decadentes vicios. La seducción de aquellos seres elitistas aún le turbaba la mente cuando, al volver a casa, David tuvo que enfrentarse con la realidad anodina. Llevado por una mezcla de felicidad y de culpa, que le generaba una ansiedad inaprensible, esa noche discutió con Gloria, su mujer, por un asunto muy banal. No se ponían de acuerdo en abrir o cerrar la ventana del dormitorio en el momento de acostarse y a partir de ahí la pelea continuó con un reproche por unos pelos que la mujer había dejado en el lavabo; ella le recriminó que nunca bajara la tapa del retrete ni cerrara el bote de champú; después vino un insulto cruzado, esa palabra irrecuperable que se pronuncia, y a partir de ahí ambos comenzaron a vaciar su frustración, en medio de la cual surgió de nuevo el fantasma de la hija, un ritual que esta vez se alargó hasta muy pasada la medianoche.

Mientras oía el lloriqueo de la mujer con la que había convivido durante tantos años, David blasfemaba para darse ánimos y con ese mismo impulso metía en la maleta la ropa imprescindible para una fuga precipitada, camisas, calzoncillos, calcetines, el cepillo de dientes. Después, ya ciego del todo, arrebató de un manotazo la foto enmarcada de Paloma, la hija muerta, que estaba sobre la cómoda, y la metió entre el equipaje. Con ese gesto trató de deshacer simbólicamente el último nudo que le ataba a su mujer y sin que cesaran sus insultos, ya de madrugada, cerró la puerta con violencia, bajó a la calle y en la acera, con el equipaje liviano a los pies, esperó a que pasara un taxi, aunque también le hubiera servido el camión de la basura, tal era el grado de su angustia. Al parecer, todos los desperdicios, excepto él mismo, ya estaban a buen recaudo en el vertedero general.

—¡Taxi! ¡Taxi!

Aun en medio de la desolación le acogió una sensación de libertad salvaje y con ella permaneció más de una hora desafiando su propia cobardía en la soledad de la noche. Esta vez lo iba a conseguir, se juró por dentro. No es el amor, sino el odio el que te hace libre. La piedad te ata. Bastaría con alimentar el odio contra su mujer para liberarse de ella. Lo intentó recreando en la memoria violentamente sus puntos más vulnerables. Ese ejercicio ya lo había realizado otras veces, pero también ahora cualquier defecto que le encontraba a su mujer coincidía con una carencia propia que lo compensaba y al final, como siempre, terminó sintiéndose culpable. Era sólo que el tedio había amasado sus vidas y periódicamente sus carnes hermanadas producían estas descargas.

En cambio, Silvia, una actriz de treinta y dos años, con los rasgos de mulata, imprevisible y llena de humor, le obligaba a vivir con toda intensidad en un peligro excitante, aunque siempre controlado. No estaba dispuesto a soportar a Gloria un día más, él tenía derecho a todos los placeres del mundo, entre ellos al de no asfixiarse, y en ese instante comenzó a respirar profundamente, de modo que el aire nocturno de la ciudad desierta le llegó con una sensación de libertad hasta el fondo de los pulmones.

Ahora podía ir a cualquier parte, suelto como un perro sin collar, pero su falta de valor se hizo patente al poco tiempo de estar solo. David se dio cuenta en seguida de que no lograba odiar a su mujer. La piedad era su condena. ¿Qué iba a ser de ella después de haberle entregado su vida y de estar atados por la tragedia de su hija? ¿Qué grado de egoísmo miserable le obligaba a desertar? La piedad que le inspiraba su mujer era similar a la lástima que sentía por sí mismo y el recuerdo de la culpa compartida por la muerte de su hija le puso al borde del llanto. Si Gloria supiera que sólo sentía por ella una gran compasión, ¿acaso por un mínimo orgullo no lo mandaría al infierno y al mismo tiempo esta decisión no la llevaría al suicidio? Y si superara el trauma y al final se sintiera feliz, ¿qué sería de él si Silvia lo abandonaba? No tenía fuerzas para arriesgarse. Y aunque era un hombre demasiado mayor para ir llorando por la calle en medio de la noche, no se ahorró las lágrimas, que en cierto modo le consolaron. En ese momento se le acercó por la acera un tipo despechugado con chupa de plástico; se detuvo, le miró de arriba abajo y le entregó un folleto.

—Si está usted jodido, esto le puede ayudar. Son las mejores chicas del mundo, jóvenes, rubias y morenas, universitarias —le dijo.

—No, no —negó David con la cabeza.

—Existe otro camino, ¿sabe usted? Cualquiera de estas chicas le llevará todo lo lejos que quiera, sin compromiso alguno —insistió el tipo alargándole el papel—. ¿Necesita alguna otra cosa? Tengo farlopa de mucha calidad. Me la acaba de traer un loro en el pico desde Colombia.

—Gracias.

—¿Quiere a una filipina de quince años? ¿O un niño tailandés? Pídame lo que quiera.

—No. No.

—Tome. No se lo pierda.

El tipo le metió la publicidad en el bolsillo de la chaqueta y se alejó silbando. David leyó en aquel folleto todas las delicias que ofrecían las luces rojas que parpadeaban en la esquina y se admiró de cuántos caminos tenían ahora las tinieblas de la ciudad desde que él no salía de casa por las noches. Ahora podía recorrerlos libremente sin responder ante nadie. Las mismas facciones que se forman en la cara al llorar sirven también para reír, pero ninguno de aquellos placeres podría compararse con la suavidad del amor que le había regalado Silvia ese mismo día. ¿Cómo iba a entrar en ese burdel un catedrático honorable con una maleta de fugitivo en la mano y con el retrato de su niña muerta?

—¡Taxi! ¡Taxi!

Mientras esperaba a que pasara un taxi desocupado la imagen de la maleta hizo que a David le acudiera a la memoria la primera vez que visitó un prostíbulo. Fue el día en que se graduó de bachiller, de eso hacía más de treinta años y aún recordaba con toda nitidez que en el examen de Letras tuvo que analizar estos versos del *Cántico espiritual* de San Juan de la Cruz:

> *Gocémonos, amado,*
> *y vámonos a ver en tu hermosura*
> *al monte o al collado*
> *do mana el agua pura;*
> *entremos más adentro en la espesura.*
> *Y luego a las subidas*
> *cavernas de la piedra nos iremos,*
> *que están bien escondidas,*
> *y allí nos entraremos,*
> *y el mosto de granada gustaremos.*

Le dieron sobresaliente. Para celebrar el éxito en el examen, en compañía de tres condiscípulos, se fue a iniciarse al burdel que estaba pegado a la catedral de aquella ciudad de provincias y allí vio por primera vez a una mujer desnuda. De pie junto a una cama de hierro y una palangana con agua en el suelo permaneció paralizado unos minutos en silencio observando aquel cuerpo tendido. El pánico le impedía sentir deseo alguno, ya que sólo atendía a los latigazos que la sangre le daba en las sienes. Ahora en mitad de la noche aún recordaba las palabras de aquella mujer.

—Deja el dinero en la mesilla, túmbate a mi lado y juntos oiremos cómo cantan las ranas, hijo mío —le dijo ella sin expresión alguna en el rostro.

—¿Son quinientas pesetas, no es eso? —le preguntó David balbuciendo.

—Quinientas y una propina para mi niña —añadió la mujer.

—¿Tienes una niña?

—Sí. Una niña que está en el cielo.

—¿Ha muerto?

—No.

—¿Dónde está, entonces?

—En un cielo que hay debajo de la cama.

Antes de desnudarse David miró debajo de la cama y vio que había una maleta de madera con herrajes dorados llena de ropa blanca, blusas, sostenes, bragas y jerséis. Aquella maleta abierta servía también de cuna y en ella dormía una niña de pocos meses envuelta en una toquilla.

—¿Y si se despierta? ¿Seguro que sólo está dormida? —preguntó David.

—Descuida. Ya está acostumbrada. No se va a despertar —murmuró la mujer.

Resbalando por el musgo de los paredones de un patio eclesiástico llegaba hasta aquella habitación del prostíbulo la salmodia del coro a la hora de la siesta y el gregoriano ondulante parecía que estaba arrullando a la niña. Los canónigos cantaban sus oficios en la catedral en aquel lejano mes de junio y un David adolescente tenía muy recientes los poemas de San Juan de la Cruz que le acababan de poner en el examen de bachiller apenas dos horas antes. *Y vámonos a ver en tu hermosura / al monte o al collado / do mana el agua pura; / y allí nos entraremos, / y el mosto de granada gustaremos.* Impulsado por el rumor de los salmos, mientras se iba desnudando, comenzó a imaginar que el cuerpo de aquella mujer no era de carne mortal que se iba a pudrir en vida a causa del pecado, como le habían enseñado los jesuitas en el colegio. Él sólo tenía ante sus ojos un conjunto de colinas blancas y valles rosados muy parecido a aquel paisaje de su niñez donde también había un bosquecillo que escondía la gruta original, pero en seguida vio la cicatriz trenzada que la mujer exhibía desde el costado hasta la mitad del vientre.

—¿Quién te hizo eso? —preguntó David balbuciendo.

—Un hombre malo —dijo ella.

—¿Con una navaja?

—Con los labios.

—No entiendo.

—No preguntes más y acuéstate a mi lado, hijo mío. ¿No oyes cómo cantan las ranas?

—¿Las ranas? ¿Qué ranas?

—Son los curas que están debajo de la cama cantando a mi niña. Ven, ven a mi lado —dijo la mujer.

—No puedo —dijo David.

Llevaba en la maleta el retrato de su hija muerta y con ella pasó bajo las luces rojas del burdel que parpadeaban en la esquina.

—¡Taxi! ¡Taxi!

En vista de que no había un taxi libre en toda la ciudad con que ir a ninguna parte, antes de darse por vencido y de subir de nuevo a casa para continuar con su mujer la rutina de sus días grises, David tuvo que decidir entre orinar en plena calle como ese perro sin collar que quería ser o usar el retrete del prostíbulo. Tal vez esta necesidad fisiológica sólo era el dilema que le ofrecía el destino. Después de dudarlo hasta la agonía optó por meterse en aquel tugurio sin que se lo impidiera un pensamiento diabólico: si entraba llevando el retrato de su hija muerta, tal vez la hallaría dormida dentro de una maleta debajo de la cama de una prostituta.

Había un gran salón a media luz con los taburetes de la barra ocupados por algunas mujeres hermosas que le mandaban besos haciéndolos volar con la palma de la mano. En los divanes oscuros unos tipos estaban escarbando la carne de otras chicas semidesnudas. David preguntó por el lavabo. Alguien le indicó el fondo de un pasillo. Desde el mismo retrete, con olor a perfume gordo y detergente, oía las risas de la clientela que se ahogaban en la melodía del hilo musical. Aliviado ya del peso de la vejiga se miró al espejo mientras se lavaba las manos. David estaba de pie como ante un juez que iba a dictar sentencia. Comenzó a examinarse el rostro. Era uno de esos espejos sin misericordia, que le estaba dando un veredicto inapelable. Aquel joven esteta que quería cambiar el mundo mediante la belleza con el tiempo había ido aceptando las reglas del juego y esta actitud pragmática le había creado unas bolsas de grasa alrededor de los ojos. Los ideales quebrantados se habían convertido en pelo gris ya muy desvaído. Cada deserción en la lucha por la felicidad le había dejado una erosión en la piel, una arruga en la frente, cierta expresión de amargura en los labios. No pudo resistir su propia mirada. El reflejo de ese segundo cuerpo que le devolvía el espejo con toda crueldad le dejó anonadado, pero pensó que tal vez en algún lugar del universo él poseía un tercer cuerpo totalmente nuevo, ese del que hablan los sufíes, donde un día podría refugiarse. David apagó la luz del lavabo y a pesar de la absoluta oscuridad su figura estaba reflejada en el fondo del espejo, aunque no la veía. Con la maleta en la mano quedó con los ojos abiertos. En medio de esas tinieblas creyó adivinar que dentro del espejo negro un ángel anfibio pasaba las páginas de un álbum de fotografías donde se sucedían imágenes de un triciclo roto, de una gabardina raída, de un libro de texto destrozado, de un coche abandonado. Después aparecieron diversos rostros de algunos amores perdidos que expresaban con sus gestos los deseos no realizados y al final de la secuencia en el espejo sólo quedaba la maleta con la ropa imprescindible que ahora llevaba en la mano. Reconoció aquellos objetos y sensaciones que le habían acompañado a lo largo de su vida.

Sucedió algo extraño en las tinieblas. En ese momento sintió un aliento de fuego en la mejilla, como si un ser muy oscuro se hubiera deslizado hacía él para besarle. No había oído que se abriera la puerta, pero percibió el sonido de unos pies desnudos. La sensación duró varios segundos. Después volvió a oír el sonido de los pasos que abandonaban aquel espacio sin que se abriera la puerta. Al encender la luz descubrió en su mejilla una herida que sangraba en forma de labios. Salió del lavabo. Pidió un whisky, bebió un par de sorbos en el taburete de la barra y allí una prostituta con una servilleta de papel mojada en ese alcohol le limpió aquella señal.

—Hasta ahora nunca había visto una sangre de esta clase. ¿Quién te ha hecho esto? —exclamó la prostituta.

—No sé.

—Es sangre, pero debajo ya no hay ninguna herida.

David volvió a caminar sin rumbo fijo por la calle con la maleta en la mano, pero un último golpe de voluntad le obligó a ir en busca de un teléfono público para llamar a Silvia. Tomaba resuello ante algún escaparate apagado. Después de dar muchas vueltas encontró una cabina, se encerró en ella, descolgó el auricular, buscó por los bolsillos y se dio cuenta de que no llevaba monedas. Cada vez con menos fuerza ante el destino aún intentó un gesto para no tener que avergonzarse. En la soledad de la madrugada de vez en cuando pasaba un coche o esporádicamente cruzaba un ciudadano por la acera. Pese al angustioso desaliño con que David tuvo que abandonar su casa, no había perdido su apostura de catedrático maduro, que usó para pedir ayuda al primer transeúnte con la máxima dignidad posible. Algunos apretaban el paso al ver que se acercaba un desconocido. El único que no lo hizo era un pordiosero.

—Por favor, ¿puede prestarme cien pesetas? —le suplicó David ya desesperado.

—¿A mí? ¿Me está pidiendo limosna a mí? Que Dios le ampare, hermano —le respondió el mendigo alejándose sin levantar la cabeza.

Ya estaba clareando el día cuando se acercó una furgoneta de reparto de prensa para dejar en la acera junto a un kiosco todavía cerrado varios paquetes de periódicos. David tendió la mano hacia el conductor por la ventanilla.

—Deme unas monedas para llamar por teléfono, se lo suplico. Estoy en un apuro —le rogó ya con toda la humildad.

—Un hombre tan distinguido como usted no debería andar a estas horas perdido por la ciudad. Es muy peligroso. Todavía no se han ido a dormir los chacales —le dijo el conductor.

—El único peligro que corro me viene de dentro —exclamó David.

—Tome. Cien pesetas. Vaya con esto todo lo lejos que pueda.

—Gracias.

La furgoneta se alejó. Uno de los paquetes que había en la acera junto al kiosco era el de un diario sensacionalista y en primera página traía la foto de Silvia bajo un titular a tres columnas. Joven actriz degollada en Madrid, decía la noticia. Al lado de la foto de Silvia venía

la de su agresor, un tipo con ojos obsesivos y las
greñas en la frente, vinculado con el mundo de
la droga, quien al parecer mantenía relaciones
con la actriz. David no reparó en aquel titular,
aunque lo tenía a sus pies y la luz plateada del
alba lo iluminaba perfectamente. Sin atender al
grito que la chica le daba desde la primera página de aquel paquete de periódicos atado con
cordeles de cáñamo, David siguió su camino en
dirección a la cabina telefónica y marcó el número.

—¿Está Silvia?

—¿Quién la llama? —respondió una voz
de hombre al otro lado del aparato.

—Un amigo.

—Silvia no está. ¿Es usted su novio?

—No, no —contestó David balbuciendo.

—¿Es usted un familiar?

—No, no.

—¿Quién es usted? ¿Desde dónde llama?

—...

—Eh, oiga, oiga.

David colgó el teléfono. No tuvo el valor
de decir su nombre ni presentarse como amigo de Silvia ni se atrevió a preguntar qué hacía
un hombre a esa hora de la madrugada en el
apartamento de su amante, pero aquella voz
tan dura e inquisitiva le hizo presentir que algo grave podía acecharle. Atrapado por el pánico a comprometerse volvió a casa derrotado

pensando que su mujer aún estaría deshecha en lágrimas o con un tubo de pastillas en el estómago. Gloria era una mujer fuerte. Estaba desvelada en la cama, muy tranquila, simulando leer una revista de decoración. Le recibió sin expresar ningún sentimiento, sólo con una leve sonrisa de lástima y también de gratitud, como si supiera que el regreso de su marido a casa era tan inevitable como la ley de la gravedad. Sólo le dijo:

—He visto en esta revista un sofá muy bonito. Y unas butacas. ¿Por qué no cambiamos la sala? Se nos ha quedado un poco antigua, ¿no crees? A lo mejor cambiar de muebles puede traernos suerte. Lo he leído en este horóscopo.

David dejó el retrato de la hija muerta en la consola, se tumbó al lado de su mujer y entre ellos no hubo ya ninguna palabra esa noche. Sólo murmuró:

—Está bien. He vuelto. Apaga la luz.

En la oscuridad de su dormitorio David comenzó a recordar ahora otras ocasiones perdidas hasta llegar a esta nueva caída. Después de pasar dos cursos en la Universidad de Heidelberg donde amplió estudios de Historia de la Literatura dejó en Alemania a aquella compañera de clase, una muchacha de Múnich con la que iba los fines de semana al balneario de

Baden-Baden. ¿Qué habría sido de ella? La recordaba ahora sentada a su lado bajo los tilos en un sillón de mimbre blanco en la explanada del Casino, frente al templete de la música donde actuaban orquestas de viento y polifonías interpretando obras maestras y alrededor de ellos también había damas con pamelas y viejos sonrosados con trajes blancos, jóvenes muy elegantes y chicas con trenzas doradas entre las cuales su amiga Eva Matews era tan divina como una criatura de Thomas Mann. Pudo haber unido su destino a ella. En aquella época dorada de los años sesenta en que fueron amantes realizaron un viaje a Egipto. De regreso pasaron un fin de semana en Berlín. Fue un tiempo de plenitud. Allí en una terraza del Kudamm junto a los mimos y teatrillos callejeros que ejecutaban psicodramas sadomasoquistas a la sombra de la iglesia bombardeada, Eva le dijo:

—Cuando entré en la pirámide de Keops, ¿te acuerdas?, dejé en la cámara real un deseo escrito en un papel rojo. Hice un rollo diminuto y lo introduje en una grieta invisible del lugar más hermético. Era una petición al dios Osiris.

—¿Qué escribiste? —le preguntó David.

—No lo vas a saber nunca. Pero en la tumba del faraón nuestros nombres estarán unidos para siempre. En el centro de una pirámide nada se corrompe. Su bisectriz marca la inmortalidad. Así quiero que sea nuestro amor.

Eva fue otra renuncia y a partir de entonces comenzaron los primeros estragos en el estómago y, aunque a lo largo de los años había tenido otras aventuras extrañas con mujeres, nunca había dejado de imaginar que en la cámara más íntima de una de las pirámides de Egipto estaría el deseo de aquella mujer palpitando toda la eternidad en el Libro de los Muertos, pero con el tiempo esa sensación había comenzado también a diluirse, no así la vanidad que henchía su juventud. Ahora la falta de curiosidad y la pérdida de la seducción le estaban introduciendo en la antesala de la vejez. Se consoló pensando que la melancolía era una vid muy dulce que los dioses reservan para algunos perdedores escogidos. Su derrota se había convertido en un estanque cuyo espejo en la oscuridad de la alcoba reflejaba su imagen entre ruinas de otros sabios, lirios de niñas muertas, de marginados decadentes, de aves azules y frutas de oro, y él pertenecía a esa estirpe.

A la mañana siguiente, camino de la facultad, se enteró de la noticia por la radio del coche. Un brasileño había acuchillado a la actriz Silvia Díaz, que ahora se debatía entre la vida y la muerte en la clínica de La Paz. David dio un frenazo violento como si fuera la propia Silvia la que se hubiera arrojado a las ruedas del coche. Aparcó a la sombra de una acacia de la Universitaria para serenarse antes de entrar en clase. Le tembló la mano al encender el cigarrillo. No era posible. Hasta media tarde había estado con Silvia en su apartamento. Habían hablado de proyectos comunes. Era inimaginable semejante tragedia. Ahora comprendía el sentido de aquella voz inquisitiva del hombre que contestó al teléfono. Sin duda, sería un policía. ¿No habría sido el espectro de Silvia, de viaje ya hacia el otro mundo, el que había entrado en el lavabo del burdel a darle un beso de despedida cuando él estaba a oscuras frente al espejo? Para la clase de esa mañana en la facultad David había preparado una lección sobre el poeta prerrafaelista Dante Gabriel Rossetti, cuya esposa Eleanor Siddal, al morir, fue sepultada con varios poemas manuscritos de su marido demente, que años después serían exhumados incorruptos entre los huesos de la mujer. En recuerdo de Silvia, murmuró David hacia dentro de sí mismo estos versos: *Yacen abiertas tus manos en la hierba; / son flores rosas las yemas de tus dedos. / Irradian paz tus ojos. / Sombra y luz en el prado, claros y nubes en el cielo.* Luego, este profesor continuó el camino agónico hacia la facultad debatiéndose contra su vida sin sentido.

David trató de consolarse con su memoria. Silvia quería ser una gran actriz y luchaba por componer una imagen. Venía de una familia de inmigrantes que se había afincado en el suburbio de Madrid, pero la chica conservaba aún un cariz de garduño de cuando era una niña salvaje en un pueblo de Almería. Le había contado que de niña se perdía muchas veces en el campo porque quería llegar al horizonte y el horizonte siempre retrocedía mientras ella avanzaba, hasta que en cierta ocasión, de pronto, se hizo de noche y tuvo que salir todo el pueblo a buscarla con hachones encendidos y la encontraron dormida en medio de un aprisco al calor de las ovejas, como una más entre ellas. De esa conquista inútil del horizonte le nacía la ambición. Tenía talento y era muy bella. Iba a clases de danza, había pasado de ser analfabeta a gozar de la lectura de Herman Hesse, de Kavafis, de Hölderlin, de cuantos libros él le proporcionaba y tal vez el día más feliz de su vida había sido cuando la llamó su representante para un papel secundario en una obra de Calderón, un trabajo que le permitía abandonar un antro de la Gran Vía donde Silvia hacía un número erótico para borrachos a horas intempestivas.

Pese a que se veían casi a diario y él era su pigmalión, fue el último en enterarse de que la chica tenía un amigo muy turbio que se movía por el submundo del espectáculo, pero ella había llenado la vida del profesor de Literatura de una gran excitación y lo había enamorado hasta lo más blando de los huesos al convertirlo en príncipe de sus fantasías. Le juraba que un día sería una gran estrella, que su nombre estaría en los luminosos de los teatros y entonces se dejaría ver en los lugares de moda del brazo de un intelectual con melena y gafas con montura de acero como David y él estaría siempre excitado, viviendo al borde de la vida.

Silvia tenía algunas zonas de sombra. A veces realizaba escapadas misteriosas. Desaparecía durante un tiempo y luego volvía con alegre furia a los brazos de David, que no le preguntaba nada acerca de esas correrías, hasta que un día en que faltó a una cita ella le dijo que había ido a la cárcel de Carabanchel a llevarle unas mantas y algo de comida a un amigo brasileño, aunque este doble fondo en la vida de Silvia, en lugar de ponerle en guardia, comenzó a excitarle aún más. Después de todo no estaba mal que un profesor ahormado por un matrimonio respetable y sedentario tuviera estas emociones secretas y jugara con un amor lleno de peligros. El día anterior, durante el almuerzo Silvia le dijo que quería ir a Ibiza a descansar y le pidió que la acompañara. David estaba dispuesto a hacerlo y tal vez esa noche hubiera sido la encrucijada más decisiva de su vida si no se hubiera interpuesto la navaja de un traficante de cocaína al que Silvia le debía un dinero ya difícil de obtener.

Desde aquel día a David ya no le abandonó nunca esta certeza. Con la garganta segada por la navaja de un pendenciero, camino del hospital, Silvia había abandonado un momento la ambulancia para entrar en el lavabo oscuro de aquel prostíbulo y en medio de las tinieblas de la muerte le había dado un beso de despedida.

Sobrevivió unos días y algunos periódicos dijeron que se trataba de una prostituta, pero David sabía que era una criatura divina, el ser más puro que había conocido, una chica que le había entregado el alma con todas las consecuencias y, no obstante, en el momento de responder a esa entrega sin condiciones él se había echado a un lado por el terror a que relacionaran con el mundo de la droga a un hombre como él, todo un catedrático de Universidad, formalmente casado. La negó por teléfono aquella noche. Atenazado por el miedo a ser interrogado no se interesó por ella en el hospital donde permaneció entubada durante una semana y cuando murió poco después ni siquiera le envió unas flores anónimas a su féretro la mañana en que la quemaron. Pero a esa misma hora en que el cuerpo de Silvia iba a arder, David se fue al parque del Retiro, sentado en un banco les echó unas migas a los pájaros y le mandó en la memoria unos versos de Rossetti para

que crearan el fuego más puro entre ellos dos:
Oh, guardemos en el corazón este don inmortal,
esta hora sin voz que ahora nos acompaña, cuan-
do tan hondo silencio era la canción del amor,
unos versos que ya nunca podrían ser rescatados
de las llamas.

... había que optar entre dejar de sufrir y dejar de amar; entre el deseo y la ansiedad dolorosa se movía David y no salió de este círculo diabólico hasta que no supo que sólo se ama aquello que no se posee por completo...

Algunas tardes subía Ana a la colina de la Residencia de Estudiantes y aunque ya era otoño las plantas aromáticas aún mantenían en su alma el fuego interior del verano. Paseando entre la plantación de jaras, de espliego, de romero y de tomillo que marcaba la espiritualidad del jardín, David cortó primero algunas briznas y con ellas se frotó las manos hasta dejarlas perfumadas. Después se las dio a oler a Ana y ella cerró los ojos sonriendo mientras aspiraba ese perfume intensamente y entonces David envolvió con ellas las mejillas de la chica y acercó su rostro para besarla en los labios, y ya sentía el sabor del carmín y estaban los alientos mezclados cuando Ana pronunció unas palabras enigmáticas que repetiría durante mucho tiempo.

—¿Sabes? Mi alma es negra porque sigo estando muerta todavía.

—Yo también estoy muerto —murmuró David.

—Ayúdame. Ven mañana a casa —dijo Ana.

Este profesor maduro se había enamorado de Ana Bron porque ella le dijo que estaba saliendo muy herida de otro amor y le pidió, casi con lágrimas, que le dejara agarrarse a él, que la salvara. ¿Quién le niega un favor a una agonizante tan seductora que te invita a subirte a ella sabiendo que es también tu último tren? Tal vez este hombre, a punto de cumplir sesenta años, ya no tenía defensas para resistir la enorme carga de erotismo que esta mujer proyectaba y había sucumbido por pura vanidad, puesto que ella desde el primer momento se le había entregado hasta el fondo sin reservas y parecía estar siempre dispuesta a seguir dándolo todo a cambio de un poco de amor.

Una tarde de octubre David fue por primera vez a casa de su amante. Desde el rellano se oía el violonchelo. David se demoró un momento ante aquella melodía que fue interrumpida finalmente por un timbrazo muy tímido. Sintió sus pasos detrás de la puerta y en seguida apareció Ana muy maquillada, con los labios muy rojos, con los pantalones vaqueros y el jersey de cuello alto. Se saludaron con cierta entrega educada en el vestíbulo envuelto en un perfume de liturgia religiosa.

—¿A qué huele?

—He encendido incienso para ti —dijo Ana.

—¿Dónde está el altar de la inmolación? —preguntó David.

—No hay ningún altar. Perdona el desorden.

Pese al olor a incienso, en cualquier casa habitada por una sola persona hay un aroma más profundo que corresponde a su alma. Está compuesto del calor que exhalan los muebles, de los estratos de sabores que salen de la cocina, del ligero hedor del fregadero, de la humedad caliente que se ha agarrado a las paredes del cuarto de baño, del sudor de sábanas del dormitorio pegado al colchón, pero sobre todo en los pasillos y habitaciones existe un rastro que han dejado por allí algunas extrañas visitas cuya parafina aún permanece en el aire. David sintió de forma muy intensa la presencia de un poderoso enemigo agazapada en cada rincón de aquel piso y la huella de su mirada que había posado en cada uno de los enseres; trató de imaginar su figura moviéndose por allí con todo el poder e incluso creyó percibir el semen de ese lobo pegado a uno de los almohadones del sofá después de haber impregnado todo el espacio.

Mientras Ana preparaba una copa, David hizo la primera exploración de la sala y en seguida vio la foto de gran tamaño que presidía una de las paredes. En ella un joven de espaldas con una gabardina deteriorada caminaba por una avenida desierta. No se le veía siquiera el perfil del rostro. Sólo el pelo desgreñado y una determinación obsesiva en los pasos. No era una foto que sirviera de decoración. Había en ella una energía más allá de la estética. Era la imagen de un ser misterioso que estaba allí para exigir su parte.

Ana sacó una bandeja con una botella de oporto, su licor preferido, y la depositó con dos vasos en la mesita de centro frente a un sofá situado al pie de aquella fotografía. Caía la tarde sobre un Madrid contaminado y precisamente de esa capa de monóxido de carbono se servía el sol para componer un crepúsculo de oro en la ventana del salón que daba a la plazoleta. Ana le llenó la copa.

—¿Quién es? —preguntó David.

—Él.

—¿Bogdan?

—Sí.

—Se le ve de espaldas. ¿Se está alejando de veras?

—Eso fue en Bucarest.

Bogdan Vasile no sólo dominaba aquella pared; David sentía su presencia en toda la casa hasta el punto de imaginar sus gemidos de amor suspendidos aún en el aire. ¿Cómo sería el orgasmo de un lobo? ¿Qué destellos de placer producirían sus ojos de fuego? ¿Qué trabajo realizarían sus garras sobre el cuello de su amada? David levantó la copa metido en estos pensamientos y dijo a modo de brindis:

—Cuanto más sucio es el aire o más abatida sientes el alma, con más esplendor brillará la belleza.

—Así será siempre entre nosotros —exclamó Ana.

Primero se besaron suavemente. Se dijeron cosas tiernas. Se acariciaron con una dulzura muy elaborada, pero la dorada claridad que el crepúsculo introducía en la sala se concentró en el cristal de la copa dotando al oporto de una tonalidad de sangre. El profesor le hizo observar esa luz bajo su aspecto lírico y después tomó un sorbo largo que mantuvo en la boca. Le acercó los labios y al besar a Ana vertió en su lengua todo el vino retenido que ella tragó llena de placer y de sorpresa. Repitieron esta libación dos veces más sin dejar de celebrarlo con una risa excitada. Ana nunca había experimentado este juego.

Fue a la tercera vez cuando, al trasvasar el vino con los labios, a David se le escapó de la boca un poco de oporto que resbaló por la barbilla hasta deslizarse por el cuello. De pronto quedó sobrecogido por el aullido casi animal que dio Ana mientras se abrazaba a él con un estertor violento y comenzaba a succionarle el vino derramado.

—¿Qué haces?

—Nada —gritó ella.

—¿Qué te pasa?

—Nada. ¿No ves que me estoy muriendo? ¿No lo ves?

David la acarició como a un animal herido y siguió diciéndole palabras dulces para que Ana se calmara y sólo lo consiguió después de que ella hubiera llegado a un espasmo que nada tenía que ver con el éxtasis, sino con una convulsión muy cercana a la que produce el exorcismo. Fue el instante en que David sintió por primera vez que la fuerza de aquella mujer podía alterar las cosas inmutables.

Enlazados por la cintura a lo largo del pasillo llegaron al dormitorio y allí estaba apoyado en una silla el violonchelo, en cuya madera también se reflejaba la última luz de la tarde que entraba por el balcón. Se tumbaron en la cama y comenzaron a acariciarse en silencio. La estancia tenía una ambientación de apacibles cortinas de tonos rosados, pero en la pared pegada al lecho la cal parecía haber sido arañada y David descubrió esas marcas después de estar sumido en un profundo beso.

—¿Son tuyos esos arañazos? —le preguntó.

—Sí.

—No volverá a suceder.

—No.

Comenzaron a amarse de nuevo. David la hizo bajar a gran profundidad, allí donde el abismo está navegado sólo por peces muy oscuros, y lo consiguió sólo con palabras de dulzura, y entonces fue la primera vez que ante David apareció el tercer hombre. Apenas se sintió acariciada se le abrieron las aletas de la nariz como les sucede a muchas hembras del reino animal, a las de más alta distinción sexual, a las yeguas, a las panteras, y en seguida comenzó a absorber todo el placer que había alrededor creando sobre la cama un vacío neumático que engulló al propio amante. No sucedía siempre. Sólo en algunas sesiones de excitación muy especial, como era ésta. Y aunque en la búsqueda del placer ahora parecía no pensar sino en sí misma, no puede decirse que fuera egoísta y lo quisiera todo para ella, porque esta pérdida de los sentidos era una muerte que ofrecía como un don a su pareja y lo cierto es que David se sentía un rey entrando y saliendo a su antojo del cuerpo de Ana y, al parecer, también de su alma, pero en mitad del orgasmo, de pronto, sus gemidos cesaron, también la respiración y su cuerpo se hizo hermético con toda la semblanza de la muerte y en el momento del éxtasis Ana gritando de placer llamó a David con un nombre que no era el suyo.

—¡Oh..., Martín..., Martín..., te quiero! ¡Te quiero, Martín!... ¡Martín..., ven..., ven..., tú!... ¿Dónde estás, mi amor?

Y balbuciendo todavía ese nombre volvió en sí. Después, mientras fumaba un cigarrillo en silencio con los párpados hinchados de placer, David le preguntó quién era ese Martín que había salido del fondo de sus entrañas cuando más muerta parecía de amor.

—¿He dicho Martín? ¿De veras?

—Lo has llamado a gritos.

—No sé quién es. Nunca he conocido a un hombre que se llamara Martín. No me preguntes por qué lo he hecho. No lo sé. Será que me estoy volviendo loca. Tendrás que perdonarme.

—¿No sabes quién es ese Martín?

—No.

—¿Estás segura?

—Nunca se ha cruzado en mi vida un tipo que se llamara así. Te lo juro.

Ana no conocía a nadie que se llamara Martín, pero era ya la segunda vez que lo llamaba. Martín existía, aunque en ese momento se encontraba todavía muy lejos.

Había un ser misterioso, tal vez imaginario, llamado Martín, que emergía del fondo del éxtasis de Ana, sólo en los momentos en que el placer la llevaba a la muerte, pero había también un amante real, el pianista Bogdan, un rumano de cuarenta y cinco años, que empezaba a ocupar la mente de David con el poder de un demonio muy sugestivo contra el que debería disputar a la amada, como en los cuentos góticos de terror. Por primera vez en su vida había sentido celos. Era como si una punzada en el diafragma le impidiera respirar y esa sensación iba acompañada con un vacío en el estómago. Un profesor ya derruido por la edad que había experimentado de forma rutinaria varios amores a lo largo de su vida, de pronto percibió que estaba siendo arrollado por una pasión que no había conocido hasta entonces.

David comenzó a atormentarse con la imagen de las manos del pianista que volaban sobre el teclado con la misma sensibilidad extraordinaria con que en las noches de amor jugaban a estrangular a Ana para excitarse. Aquella tarde la oscuridad de la habitación sólo estaba iluminada por la última luz del balcón que se había concentrado en la madera del violonchelo, y ante ese leve resplandor ella le confesó que Bogdan ejercía violencia sobre ella sólo en los momentos en que estaba muy inspirado. Ejecutar una pieza lírica de Schubert y acariciar el cuello de su amante eran un mismo ejercicio y en ambos casos los dedos de Bogdan iban extrayendo un sonido excelso de la garganta de Ana y de las teclas del piano.

—He estado a punto de morir estrangulada y esa angustia no la puedo separar del placer —comenzó a contar Ana, ya relajada—. Bogdan un día al afeitarse se hizo una herida en el cuello. Al principio me pidió que le lamiera la sangre y yo sentí una gran turbación en el alma al hacerlo. Ahora se la provoca con una navaja y me obliga a beberla. Se abre una herida en el hombro, en el muslo, en cualquier parte y me baja la cabeza para que beba de esa fuente. Es dulce. Es dulce. No es un juego sadomasoquista, sino una inmolación ejercida por un sacerdote muy antiguo que busca arrancarte el corazón para ofrecerlo a sus dioses.

—Bueno —contestó David—, no es tan raro. Ese rito de amor está codificado. ¿No has oído hablar de las lamias? Eran mujeres devoradoras de hombres. También algunos hombres necesitan chupar la sangre de las mujeres a las que aman para calmar el espíritu. ¿Y te hiere a ti?

—Al principio era un juego. Ahora ya no puede vivir sin beberme por dentro. Los vampiros de los Balcanes representan otra clase de infierno. No tiene nada que ver con lo que nos pasa —dijo Ana.

—Es una pulsión sagrada que ya experimentaron los egipcios —comentó David.

—No sé si seré capaz de vivir nunca sin esa intensidad. Necesito curarme. ¿Me querrás ayudar?

—¿Cómo?

—Estando a mi lado, tal vez. No sé. Puedes probar a quererme de una forma apacible como se cuida a una convaleciente. Háblame de poetas y de flores, de navegaciones, de viajes. Yo te lo voy a creer todo. ¿Sabes? De niña yo era tan rubia que parecía nevada y a veces subía al granero de la casa del campo para ver el mar. Vivíamos en un pueblo muy lejos de la costa, pero una tarde de septiembre, después de haberlo intentado todo el verano, logré verlo muy azul a mis pies.

—Quiero que te olvides del pianista. Haré lo que esté de mi parte para que entre nosotros sólo emerja el nombre de Martín.

—Tendrás que amarme mucho para que se produzca ese milagro. Según parece yo sólo pronuncio ese nombre cuando me muero. Tendrás que excitarme hasta el límite —dijo ella.

—¿Quieres que juguemos a eso? Después de todo es menos peligroso que hacerlo con una navaja.

David se prometió conquistar a esa mujer herida por medio de la ternura. Allí donde el otro ponía violencia, él pondría la imaginación; sustituiría la sangre por el licor dulce que más se le pareciera y la única navaja entre los dos serían los labios. Comenzaron a enredarse. David se adentró en un laberinto cuya salida era diabólica porque consistía en acariciar a Ana hasta bajarla a una sima profunda donde la estaba esperando aquel amante llamado Martín. Era un ejercicio de amor a veces duro, siempre imaginativo, y así cuanto más la amaba y más placer le proporcionaba, Ana más se alejaba de sus caricias para perderse en la memoria o en el deseo de un hombre desconocido. Pero este juego también excitaba a David, hasta el punto de que si no lograba que Ana gritara durante el orgasmo el nombre de Martín sentía que había fallado. La decepción era mutua y aunque ella no se lo reprochaba, sobre la cama quedaba la sensación de una batalla perdida o una meta que no se había alcanzado.

—Hoy no ha aparecido el espectro —comentaba cualquiera de los dos, después, fumando un cigarrillo.

—Te abrazo a ti y le abrazo a él —dijo Ana un día.

—El sexo siempre es cosa de tres. Tú y yo y ese desconocido que creamos entre los dos. Tú y yo y ese tercero que somos los dos juntos. Te dije una vez que soy una ruina. En cualquier ruina de la antigüedad suele aparecer el falo esculpido de un ser misterioso que tal vez era un dios o los genitales femeninos de una diosa de la fertilidad. Cuando mueres en mis brazos siento que me destruyes.

—¿Quién puede ser ese Martín? —se preguntó Ana sonriendo muy confusa.

—Alguien que erige el falo en medio de una destrucción. Algún macho cabrío esculpido en piedra que ha entrado en tu inconsciente desde la mitología.

... ¿cómo puede haber colmillos ensangrentados pendiendo de la luna llena? ¿Es posible amar en la oscuridad bajo la mirada de los venados?

Sus ríos venían de muy lejos, llegaban de varios cuerpos sucesivos y sus dos vertientes amorosas un día se juntaron en una sola corriente. David Soria tenía treinta y cinco años, acababa de sacar la cátedra de Historia de la Literatura y en ese tiempo aún estaba poseído por la gracia e ingenuidad de Gloria, a la que amaba sin hacerse preguntas, y entonces Ana Bron era todavía una adolescente de piernas largas que estaba en el séptimo curso de Conservatorio, solía ir abrazada a un cartapacio de partituras adornado con pegatinas de James Dean y a veces hacía estallar con la lengua pompas de chicle.

Aquel mes de agosto Ana empezó a practicar el baloncesto durante un campamento de verano en la sierra. Tenía mucha disciplina y amor propio pero en el deporte era muy patosa. En el Conservatorio todos los profesores elogiaban su gracia natural a la hora de interpretar a Boccherini o a Bach con el violonchelo, cosa que la dejaba insensible e incluso le causaba cierto malestar si alguno ponderaba demasiado su talento; en cambio, Mikel, el entrenador de baloncesto, acechaba todos sus movimientos desde un lado de la cancha y le recriminaba cada error con un grito desaforado que a veces llegaba hasta el insulto personal. A la niña esta actitud la llenaba de culpa y al mismo tiempo la excitaba. No sabía qué hacer para agradar a aquel hombre. No comprendía su obsesión por humillarla delante de sus compañeras de equipo.

Mikel le doblaba la edad y era un monitor atractivo, de origen extranjero, tal vez apátrida según decían algunos. Olía a sudor de linimento y su camiseta muy ceñida le hacía palpitar las venas en los bíceps. Hablaba un castellano áspero o delicado, según fuera su humor. Desde el primer día se había fijado en aquella adolescente fuerte, espigada y rubia. Tenía buen olfato para elegir la presa y, al parecer, estaba acostumbrado a este tipo de cacerías. Primero fue encelando a la niña hasta vaciarla por dentro con miradas de deseo cada vez más intensas, seguidas de algún guiño lleno de complicidad; a veces era incapaz de tener las manos quietas y aprovechaba cualquier lance del juego para rozarse con ella en la cancha de forma aparentemente fortuita ciñéndola por la cintura con cierto descaro, pellizcándole el cuello sin importarle que se notara su intención y después la zahería en público delante de sus amigas. Así la trabajó a fondo durante varias jornadas en secreto. Un día en que Ana se rezagó después de la ducha y cruzaba el vestuario espléndidamente húmeda, relajada con la bolsa de deporte al hombro, el entrenador se le acercó muy decidido.

—Ana, tú y yo tenemos que hablar —le dijo de golpe.

—Sé lo que me vas a decir, que soy un desastre, ¿no es eso? Siempre me hago un lío bajo la canasta.

—No.

—Entonces, ¿qué?

—Lo que quiero decirte es otra cosa, pero me falta un poco de valor.

—Qué. Dímelo.

—Ahora no. Cuando me atreva —exclamó riendo Mikel.

—¿Es algo malo?

—Podría ser maravilloso.

—Anda, dímelo.

—Te lo diré, si te portas bien. Te lo diré algún día —bajó la voz Mikel y la miró al fondo de los ojos con exagerada intensidad.

La dejó abandonada a la curiosidad, que este predador alentó con un despego estudiado durante un tiempo, pero una tarde ya no pudo resistir más y al sorprenderla de nuevo en el vestuario la tomó de la mano y le dijo a borbotones, aunque con palabras muy suaves y previamente estudiadas, que estaba enamorado de ella, que le había vuelto loco, que le gustaba mucho, que quería decirle cosas muy bonitas si alguna vez pudieran hablar a solas. Ana quedó turbada con el corazón convertido en un caballo y el hombre la dejó así frente al espejo del vestuario que el vapor de las duchas había empañado impidiendo que se reflejara su rostro lleno de rubor. No sabía qué pensar, pero se sintió complacida y salió del trance muy excitada y llena de orgullo al verse preferida por aquel joven tan guapo que gustaba a todas las compañeras del equipo y del que algunas chicas del pabellón decían estar enamoradas. Mikel la siguió acosando discretamente y la niña muy pronto comenzó a enredarse consigo misma sin poder prescindir de este juego que le parecía más excitante que cualquier otro deporte para el que no estaba dotada. Sin duda era la más guapa del campamento, pero su enamorado a veces la encelaba con otras amigas. Era verano y el aroma de las jaras hervía como lo hacía también la sangre de la niña rubia de piernas largas, que, por fin, entró en amor.

Después de unos días de silencio muy medido, una tarde de calor sofocante Mikel buscó un aparte con la chica a la sombra de los pinos con mucho sonido de chicharras y se fue de golpe a su corazón con unas palabras llenas de mando y también de ansiedad.

—Esta noche hay luna llena. A las doce en punto te estaré esperando en la puerta trasera del pabellón. Quiero que salgas para verla juntos.

—¿A medianoche? Eres muy atrevido —murmuró la chica con ingenua malicia.

—No es nada malo. A esa hora hay luciérnagas y búhos. Será muy bonito. Aunque no salgas, te estaré esperando. No nos verá nadie.

—Mikel, estás loco.

Mikel la esperó como un lobo agazapado a la luz de la luna hasta muy pasada la medianoche y sus ojos se habían hecho a cada una de las sombras en la oscuridad esperando que emergiera la silueta de Ana por la puerta trasera del pabellón, pero la gacela no apareció. A la mañana siguiente el entrenador despechado ni siquiera le dirigió una mirada durante el partido de baloncesto. Se mantuvo en silencio, aunque percibía la angustia de Ana, el lobo persistió con el castigo. Le excitaba verla sufrir. Pretendía que fuera ella la que se acercara a pedirle perdón por haberle obligado a pasar una noche a la intemperie. Y así lo hizo la niña en un pasillo del pabellón casi con lágrimas cuando ya no pudo más.

—No me mires así —le dijo muy angustiada.

—Eres una imbécil. ¿Lo sabías? Te esperé como un estúpido —le recriminó duramente el entrenador.

—No te enfades, por favor.

—¿Por qué no saliste?

—Lo intenté. No pude. Mis tres compañeras de cuarto no acababan de dormirse. Se pasaron toda la noche contándose historias

sin parar. Pensé que a las tres de la madrugada
ya no estarías.

—Esta noche te esperaré. ¿Me oyes? Te
esperaré.

—Por favor, no me riñas.

—¿Serás buena?

Tenía la edad propicia para sentirse confusa y al mismo tiempo colgada de aquel hombre. Y esa noche, a una hora incierta, se abrió
discretamente la puerta trasera del pabellón y
el lobo vio salir hacia la luz de la luna a aquella
adolescente rubia vestida con un pantalón cor-
to y una camisa blanca, quedando pegada a la
pared de granito a la espera de que se levantara
por detrás de los setos la sombra de su enamorado. El lobo no se hizo esperar.

En aquella niña podía aún más la locura
que la curiosidad. Mikel la cogió de la mano y
la llevó en silencio con pasos subrepticios hacia
el jeep que tenía aparcado a una distancia justa
para no levantar sospechas. Ana subió con decisión pero en seguida quedó rígida en el asiento,
esperando que Mikel le dijera alguna palabra
cariñosa, que sonriera o que al menos la mirara.
Mikel arrancó de forma automática sin volver
el rostro hacia ella y llevó el vehículo a un lugar
fuera del campamento que, al parecer, conocía
de antemano. Desde allí se veía el valle pobla-
do de luces de las urbanizaciones y la luna llena

que se hallaba sobre el perfil muy nítido de la sierra se hacía muy densa en la copa de los árboles. A la niña le palpitaba el corazón desmesuradamente cuando Mikel le dijo que saliera del jeep y se sentara a su lado en un talud de la vaguada. Después de un silencio embarazoso Ana le preguntó con fingida desconfianza.

—¿A cuántas has traído aquí?

—Nadie ha venido nunca a este lugar —contestó Mikel rotundamente.

—¿Lo juras?

—Claro.

—No importa. Yo hubiera venido igual.

—¿Confías en mí?

—Bueno, sí. ¿Qué quieres?

—Estar contigo. Nada más.

—Me dijiste que me ibas a contar muchas cosas.

Mikel estaba muy nervioso. Encendió un cigarrillo. Tenía a aquella gacela pegada a su lado y casi podía presentir el pulso de su sangre. Comenzó a hablarle de baloncesto. Le explicó algunos pases que debía aprender y después quedó otra vez en silencio bajo el sonido de los grillos. Cuando ya se habían acomodado a la oscuridad y podían descifrar la expresión de sus rostros, él arrancó al azar una brizna de hierba y con ella le hizo cosquillas en la nariz. Ana riendo le dio un pequeño empujón. Le repitió esa caricia por segunda vez y ahora al revolverse quedó atrapada por un brazo del entrenador, que la atrajo por el hombro y la mantuvo un tiempo contra su costado. La sintió palpitar llena de pánico, pero él le dijo que mirara la luna y mientras tanto comenzó a enredar un dedo en sus cabellos rubios por detrás de la nuca jugando a formarle rizos.

—Eres muy bonita —le susurró al oído.

—Gracias —dijo ella.

—Desde el primer día me he estado fijando en ti. ¿No te has dado cuenta?

—Creí que me odiabas.

—¿No te asusta estar sola conmigo de noche en este sitio tan oscuro?

—No. Bueno, un poco sí. Dijiste que había luciérnagas y búhos.

—No te voy a hacer ningún daño. Te quiero mucho. Estoy enamorado de ti.

—¿De veras? ¿Cómo lo sabes?

—Lo sé. Estoy todo el día pensando en ti. Me gustas mucho. ¿Me vas a querer un poco?

—¿Cómo? ¿Qué puedo hacer?

La adolescente se dejaba decir estas cosas con una expresión grave en el rostro. Mikel comenzó a acariciarle con mucha ternura el cuello, el lóbulo de la oreja, el hombro, los rizos de la nuca y cuando le pidió que le diera un beso ella se puso a temblar aún más y lo hizo con la flor muy leve de los labios en su mejilla. Al sentirse un poco más relajados se tumbaron en la hierba oscura. Mientras la acariciaba, la niña para serenarse comenzó a contar que su perra estaba a punto de criar. ¿Dónde podría colocar a sus hijos? Quería regalarlos a amigos de confianza para que los cuidaran bien. Le preguntó si quería uno, pero Mikel le dijo que dejara de hablar y que mirara las estrellas en silencio. Aunque apenas se veían detrás de la luz pastosa del plenilunio, él fue señalando en el firmamento el lugar que ocupaban algunas constelaciones. La luna llena estaba ejerciendo sobre aquel lobo un efecto beneficioso. No sólo trató a la niña con gran delicadeza; también parecía más sereno y atractivo en medio de aquella penumbra de leche. En esta primera salida nocturna, después de dos horas de compañía, el lobo se había limitado a hablarle de estrellas, a acariciarla suavemente y a besarla en los labios, que la niña mantuvo apretados mientras él le ponía una mano por encima de la camisa sobre sus pechos, que notó duros, con los pezones muy turgentes. Al final ella ya no temblaba e incluso habría entregado parte de su cuerpo si el entrenador hubiera insistido, pero todo quedó en el aire perfumado de la noche en medio del sonido de grillos y los gritos desgarrados que a veces daban algunas alimañas. Desde el fondo del valle subía la música de una verbena de algún pueblo de la sierra. Se oían muy lejos los boleros y otras canciones de amor que cantaba un vocalista.

El entrenador devolvió a la niña de madrugada al pabellón por la puerta trasera y después de que ella se arreglara el pelo en el coche se dieron un beso en la boca de cierta intensidad y quedaron en repetir la aventura alguna vez. Las compañeras de cuarto dormían. Con pasos muy blandos en la penumbra Ana cruzó la habitación, se metió en la cama y quedó desvelada oliéndose en sí misma debajo del pijama un sudor extraño, recordando unas palabras de amor que hasta entonces sólo había imaginado, pero nunca había oído convertidas en un hálito caliente junto a su mejilla, que aún le quemaba. Era la primera vez que un hombre la había besado. Se sentía orgullosa, confusa y feliz, excitada con aquel sabor raro que permanecía en sus labios y así estuvo con los ojos abiertos hasta que el sol comenzó a rayar las cortinas.

A las once de la mañana del día siguiente había partido de baloncesto y Ana estaba muy nerviosa pensando que a Mikel se le iba a notar demasiado la felicidad o tal vez la culpa por la aventura de la noche. Por su parte se sentía muy segura de sí misma. A los quince años una niña ya ha aprendido a guardar los secretos más comprometidos. Entre los dos ni siquiera se cruzaron una mirada, pero Ana intuyó que, puestos a disimular, esta indiferencia podía ser más sospechosa que cualquier coqueteo. Pensó que sería mejor gastarle una broma a su enamorado. Le dijo que era muy guapo y lo hizo de forma provocativa delante de las amigas, pero no esperaba que apenas iniciado el partido él comenzara a insultarla de un modo desabrido. Desde un lado de la cancha a gritos la llamaba idiota, patas largas, inútil y otras cosas desagradables. Poseído por un extraño rencor continuó humillándola con cuantos improperios le venían a la boca.

En medio de las turbulencias del corazón adolescente Ana no sabía qué pensar ni a qué atenerse. Tal vez era la forma que tenía aquel hombre de sacudirse la mala conciencia, pero sus insultos unas veces le hacían saltar las lágrimas y otras la llenaban de excitación. Desde que ella había cedido a su proposición nocturna la violencia verbal del entrenador con ella fue en aumento y no se limitaba sólo a corregirle los errores del juego. Mikel aprovechaba cualquicr ocasión, siempre que la niña estuviera rodeada de amigas, para castigarla con palabras de una crueldad desmesurada y eso sucedía a la sombra de los pinos durante los ratos de asueto, cuando se reunían para cantar y tocar la guitarra y también en cualquier pasillo, en el comedor o en la sala de la televisión. Ante aquella presión angustiosa una mañana, a pleno sol, Ana creyó haber tenido una leve alucinación en el centro de la cancha. Vio el rostro de Mikel desfigurado, como de un ser terrorífico, pero esa visión apenas duró unos segundos. Pensó que tal vez se debía al sudor que le cegaba los ojos.

Pocos días después de la primera salida nocturna, cuando ya la tenía muy atormentada, pero bien domada, de pronto Mikel la llevó aparte y le dijo:

—Esta noche te espero otra vez.

—¿Quieres que lo haga? —murmuró Ana con un tono muy sumiso.

—Te esperaré hasta que salgas —le repitió el entrenador de forma rotunda.

—Prométeme que no me vas a reñir más delante de mis amigas.

Mikel la llevó en el jeep al mismo lugar y la luna ya estaba mordida pero tenía todavía leche suficiente para bañar sus rostros cuando se tumbaron en el talud de aquella vaguada sobre una manta que el lobo llevaba dispuesta para el amor. El plenilunio comenzó de nuevo a ejercer sobre el entrenador un efecto beneficioso porque estaba muy atractivo y sus rasgos eran extraordinariamente plácidos. La niña estaba tumbada a su lado y en el firmamento esa noche las estrellas estaban más presentes. El lobo conocía a algunas por sus nombres.

—Ésa es Altair, ésa es Vega, ésa es Deneb, las tres forman el Triángulo de Verano. Y aquélla es la Polar. Como todo el universo gira, hace miles de años la estrella que señalaba el norte era Altair, pero entonces no había navegantes en este planeta que la necesitaran para orientarse de noche en el mar.

—La que tiene el nombre más bonito es Sirio. ¿Dónde está? —preguntó Ana.

—Sirio no se ve ahora. Sólo se ve en invierno y se llama así por el dios egipcio Osiris. Cuando aparecía en el cielo anunciaba la crecida del Nilo.

Y después le señaló la constelación Casiopea y el carro de la Osa Mayor. Además del nombre de algunas estrellas el lobo también sabía algunos poemas. Aunque era un joven de musculatura cuadrada, que se había fabricado en el deporte, Mikel era un amante muy dulce que sabía cómo había que desnudar lentamente a una niña rubia y espigada bajo la luna. Primero la besó hasta abrirle bien los labios dejándolos macerados. Luego fue desabrochando su camisa para liberar sus senos desnudos en mitad de la noche y después de jugar con ellos comenzó a explorar su cuerpo.

—Me gustas. Te quiero —le dijo con voz quemada.

—¿De verdad?

—De verdad.

—¿Y por qué eres tan malo conmigo durante el día?

—Si te portas bien conmigo, no te volveré a reñir más.

—¿Lo juras?

Mikel fue conduciendo la mano de Ana sobre su cuerpo y ella se dejaba guiar aunque por instinto ya sabía cómo ir a los lugares más secretos. Llegó un momento en que los dos estaban casi desnudos abrigándose del relente de la sierra con el calor de sus carnes encendidas. Mientras lo acariciaba ella recordaba aquel otro verano cuando pudo ver el mar desde el granero de la casa del campo y su amigo Javi se hizo brotar aquella espuma de su vientre que cayó sobre la sangre de su rodilla. Sabía que ese milagro estaba a punto de suceder porque lo anunciaban unos gemidos de igual intensidad. Tuvo una pulsión muy fuerte. Esta vez también le hubiera gustado estar herida. Fue una ráfaga muy azul que cruzó su mente. Mikel murmuraba:

—Por favor, por favor...

—¿Lo hago bien?

—Por favor...

—¿Así?

Ella se sintió mojada en medio del espasmo salvaje que el hombre lobo emitió y después los dos quedaron de nuevo boca arriba mirando las estrellas y, mientras Ana se pasaba las yemas de los dedos por la barbilla donde creía adivinar la señal de un mordisco que el lobo le había dado, él le murmuró unos versos pegados al oído:

Perdóname por ir así buscándote
tan torpemente, dentro
de ti.
Perdóname el dolor, alguna vez.

Luego la volvió a besar. Ana le devolvió el beso y luego exclamó:

—Me has hecho sangre.

—Te quiero. Mira aquella estrella —dijo el hombre lobo.

—Me has mordido muy fuerte. Me has lastimado. Eres un bruto.

—Mira aquella estrella. La que está junto a la Polar.

—¿Cómo se llama?

—No sé. Pero a partir de esta noche la llamaremos Ana Bron.

—¿Ana Bron? —exclamó la niña emocionada.

—Tu nombre lo llevará siempre esa estrella. Hasta que el universo se acabe.

—¿Juras que la estrella Ana Bron estará siempre ahí en el cielo para ti? —preguntó Ana Bron.

—Siempre —contestó Mikel—. Mañana volveremos aquí para verla. ¿De acuerdo?

—Sí.

—Mira, aquella es la constelación de Escorpión —el lobo siguió explicándole a la niña el álgebra del firmamento—. Y allí está la estrella Antares, ¿la ves?, ésa es la Lira y ése es el

Cisne y dentro de poco, cuando llegue el otoño se verá la Andrómeda con una nebulosa que es una galaxia con miles de millones de estrellas. Hasta el fin de los tiempos vas a estar bien acompañada a muchos años luz, pero siempre a mi lado.

—Quiero buscar una estrella para ti —exclamó Ana—. A mí también me gusta la poesía. Por eso te buscaré para ti una estrella de mar. ¿Sabes? Un día cuando era muy chiquita, desde el granero de la casa de mis abuelos vi el mar aunque el pueblo estaba detrás de muchos montes y cordilleras.

—¿De veras? —exclamó Mikel.

—Puedo ver el mar cuando quiera. Un día te enseñaré a verlo conmigo. Pero tendrás que quererme mucho si quieres que lo veamos juntos desde aquí. En el mar también hay muchas estrellas. El día que aprenda mucha música haré una canción para ti.

Durante la noche bajo la luna llena Mikel era muy tierno con la niña, pero cuando se cruzaba con ella a la luz del sol en algún lugar del campamento se convertía en un ser extraño, lleno de violencia, atormentado por una convulsión interior, una actitud que estaba a punto de volverla loca, sobre todo desde aquella noche, casi al final de las vacaciones, en que ella le entregó todo su cuerpo y fue poseída hasta el fondo. Nunca pudo soñar que aquel acto que tanto temía y esperaba fuera tan dulce.

Cuando llegaron a la vaguada esta vez estaba decidida a llevar su amor nocturno hasta el final. Los amantes buscaron en el cielo la estrella que se llamaba Ana Bron y mientras la niña la miraba Mikel la fue desnudando con palabras muy bonitas. En ese momento oyeron un ruido muy cerca. Detrás de unos matorrales se agitaban unas sombras. Quedaron con el ánimo suspendido. No se veía nada, pero el sonido de algunas pisadas persistía cada vez más próximo. Guardaron silencio abrazados con la respiración contenida. Mikel tuvo un arranque de coraje para proteger a la niña y de pronto se desprendió de ella desnudo, subió al jeep, puso el motor en marcha y súbitamente prendió los faros. El cono de luz iluminó el cuerpo de la chica sobre la hierba y a su lado también quedó deslumbrada una pareja de venados jóvenes con una cría y los tres permanecieron inmóviles mirando con curiosidad a la niña rubia desnuda. No se asustaron ni salieron de estampida aquellos animales, por mucho que Mikel trataba de espantarlos. Estaban atentos y encelados muy cerca cuando Mikel volvió a apagar las luces del jeep. Los amantes continuaron con su ejercicio sabiendo que aquella familia de venados les observaba. Mikel le puso una mano en el muslo y la deslizó hacia arriba.

—No debemos hacerlo —decía ella sin poder detenerse.

—Por favor. Sí.

—Me estás haciendo daño. Es muy grande. Mikel, ¿qué me haces?

—Los ciervos nos están mirando.

Tal vez más excitada por la presencia de los venados y creyendo que la humedad de la cierva pasaba por dentro de sí misma, la adolescente Ana se abrió para ser poseída bajo la mirada nocturna de aquellos animales que tampoco huyeron al oír sus gritos de placer y de dolor, aunque los gemidos cruzados entre los dos hicieron enmudecer a los grillos. Y al final los amantes sólo sentían la propia respiración agitada junto con la palpitación de los venados en la oscuridad y la verbena de verano desde el fondo del valle les enviaba ahora una canción de amor.

Al día siguiente, a pleno sol, Ana Bron tuvo la terrible visión de la que tardaría algunos años en recuperarse. Era el último día de campamento y las nuevas amigas se intercambiaban teléfonos y direcciones con repetidas promesas de volver a verse en la ciudad. Eso mismo habían hecho en secreto los amantes de la vaguada antes de que a media mañana se jugara la final del torneo de baloncesto. Durante el partido Ana no conseguía concentrarse porque tenía en la mente todas y cada una de las palabras de deseo que el entrenador le había vertido en el oído con tanta dulzura en aquellas noches de verano cuya pasión nadie había descubierto. Mikel estaba en una esquina de la cancha humillándola de nuevo con los insultos más despectivos. Probablemente fue un efecto del sol que le daba en el rostro. Le había pasado otras veces, en la misma cancha o al cruzarse con él bajo los pinos a cualquier hora del día. Sucedía después de cada salida nocturna. Le parecía una leve alucinación producida por la culpa y no le dio importancia, pero ahora creyó estar poseída por algún demonio porque en este último día de campamento la visión fue directa, sostenida y espeluznante. Quedó paralizada con el balón en las manos al ver que, de pronto, Mikel estaba desnudo por completo y que su cuerpo se iba cubriendo de pelo negro tupido, muy hirsuto, y su cara se constreñía hasta adquirir la figura de un lobo de cuyas fauces emergían dos colmillos ensangrentados que le llegaban hasta la mandíbula. Apenas tenía frente, pero bajo sus cejas muy encrespadas le brillaban unos ojos de fuego. Estaba de pie y desde el fondo de su vientre peludo también le nacía en erección un sexo desproporcionado que le subía hasta el pecho.

Ahora sus gritos tenían una sonoridad gutural muy profunda y no se distinguían de los aullidos que dan los lobos en las noches de in-

vierno con luna llena en los cuentos de terror,
pero las palabras que llevaban dentro esos alaridos eran muy claras. Gritando le decía cuánto
la amaba, cuánto le gustaba, cuánto la deseaba. Lejos de insultarla, ahora parecía retorcer-
se de amor con el sexo convulso. Las compañeras de equipo quedaron sorprendidas cuando
Ana dejó la pelota y de repente echó a correr
despavorida hacia la salida del campamento.

Era el último día de vacaciones y ya no
la volvieron a ver ese verano. Alguien de la familia llegó a la mañana siguiente a recoger su
equipaje. Cuando después de mucho tiempo
Ana recordaba aquel mes de agosto en la sierra
siempre creía que un hombre lobo le había enseñado a ver las estrellas y a una de ellas la había
bautizado con su nombre. Sabía dónde estaba.
Podía señalarla cada noche en medio de las infinitas luces del firmamento. Era aquella que estaba muy cerca de la Polar. Pero esa sensación
de belleza y placidez a la luz de la luna siempre
iba acompañada de unos colmillos de sangre
que brillaban a pleno sol y que le habían dejado la señal de un mordisco en la barbilla.

... la luna llena entró en el cuarto trastero y una paloma salió volando...

Al principio David amó a Gloria porque era una chica muy bella e ingenua que estaba sin hacerse y creyó que podría modelarla como un barro virgen a su imagen y semejanza y que esa sería la creación de un pequeño dios alfarero y elitista. Así pensaba aquel joven progresista orteguiano que pertenecía a la minoría selecta. Llevaban unos meses de casados y durante la acomodación psicológica de la pareja no hubo ningún problema, la convivencia transcurría sin sorpresas, cualquier cosa que dijera este flamante catedrático de treinta y cinco años, lleno de vanidad intelectual, encontraba a Gloria asintiendo. Todo parecía compensado: mientras él se dilataba hablándole de libros, ella le estaba fabricando una primera criatura en su vientre y además le hacía tartas de todas clases y ninguna pregunta.

La mujer que has elegido te define. David quería sentirse orgulloso de ella ante sus colegas, hasta ahí llegaba su vanidad, por eso comenzó a ejercer dominio sobre sus opiniones hasta educarla en el silencio. Le había aconsejado que nunca planteara una cuestión de la que no pudiera responder por sí misma más allá de la segunda pregunta, aunque para un caso de compromiso también le había enseñado a participar callada en cualquier conversación de cierta altura con una media sonrisa ambigua que lo mismo servía para asentir que para negar sin mostrar el pensamiento. En cambio, estaba seguro de que allí donde la presentara sin duda Gloria sería la más atractiva, la más simpática, la que más miradas y requiebros recibiría de sus amigos. El amor por su mujer alcanzaba ese nivel de autocomplacencia. Ella le seguía en todo sin plantearse más problemas que el de ser feliz a ras de la vida.

David fue un hombre fiel durante los primeros años, pero a medida que iba aceptando la nueva condición de marido sentado, hecha de pequeñas y constantes renuncias, en su mente comenzaron a surgir cada vez con más fuerza los fantasmas del pasado y con el tiempo los fue convirtiendo en una huida secreta durante las noches oscuras del alma, que llegaron muy pronto. Una forma de aceptarse consistía en imaginar qué habría sido de él si se hubiera unido para siempre a cualquiera de aquellas mujeres por las que su alma había pasado. De cada una de ellas extraía una fatalidad. Todas formaban un río diferente que lo llevaba a desembocar en lugares insospechados y en cada uno de ellos él era también un hombre distinto, tal vez más valiente, tal vez más generoso, más desgraciado o más feliz, según la rueda de la fortuna, y eso le estremecía.

En aquella época David aún se perdonaba el haber desperdiciado otras oportunidades amorosas. En sus fugas nocturnas e imaginarias volvía a la dulce colegiala del Loreto de su adolescencia que se llamaba Laura; a la joven alemana, Eva Matews, llena de pecas rosadas; a aquella mujer madura y casada de un verano en la playa que vivía en la villa de al lado y cuyo nombre había olvidado. Jugaba en la memoria con todos los cuerpos por los que había pasado y entre todos se mantenía muy vivo el de aquella criada del colegio mayor, una criatura bellísima, a la que logró seducir y cuyo amor aún tenía clavado en el cerebro. Con ella se veía en un cuarto trastero y allí la tuvo en sus brazos la noche antes de su boda con Gloria. Cuando las imágenes de las bellas chicas que fueron sus amores volvían en la oscuridad de su insomnio para envenenar su corazón, unas veces las apartaba como una maldición, pero otras se refugiaba en ellas como si llegara a una bahía después de una tormenta. Para defenderse se decía: no pasa nada, después de todo Gloria era una mujer muy bella, entregada y llena de bondad. Escribiría un grueso tratado sobre la historia de la poesía amorosa y luego pondría en práctica esa teoría transformando el alma sencilla de Gloria en una obra de arte, digna de un esteta.

David había conocido a su mujer por el mechero que había olvidado en el bar. De ese tejido del azar está hecha la existencia. Al volver sobre sus pasos desde la esquina para recuperarlo se encontró en la barra con un antiguo compañero de colegio al que hacía años que no veía. Acababa de entrar en el bar donde había quedado con su novia, que casualmente acudió acompañada de una amiga llamada Gloria. Al prenderle un cigarrillo aquella chica demoró la mano sobre la suya y esos tres segundos fueron la eternidad donde ellos dos se encontraron. Los padres de Gloria tenían una finca en La Vera. Quedaron en pasar juntos allí un fin de semana con otros amigos y viajar a Portugal, pasear por Lisboa, que estaba ahora en plena resaca feliz de la Revolución de los Claveles, y acercarse a Caldas da Rainha a comprar cerámica popular, que a David tanto le gustaba. La dicha de aquel viaje, los álamos amarillos, el pan de centeno que tomaban en las ventas del camino, el agua fría de los arroyos, las callejuelas de la Alfama que despedían fuertes aromas coloniales, todas aquellas sensaciones trabaron su amor.

En la finca de La Vera, en la ribera del Tiétar, había encinas y caballos, campos de cerezos alrededor de una casa solariega y en ella el catedrático David Soria pasó los primeros veranos de recién casado en compañía de suegros y cuñadas. Era una familia larga. El padre de Gloria era cirujano. La madre había parido siete hijos y cada vástago le había dado nietos que ahora gritaban por todos los rincones del jardín, en los columpios, en la cabaña de apaches que habían levantado en el pequeño bosque de robles. Para David fue un tiempo de plenitud colmado con el nacimiento de su hija Paloma, una niña rubia de ojos violetas. Durante algunos veranos fue muy feliz entre libros y tumbonas alrededor de aquella piscina, que recordaba ahora como la boca del infierno.

Durante las noches de insomnio se había preguntado muchas veces cuándo empezó realmente a distanciarse de Gloria, aparte de aquella tragedia que les había sucedido. Su incomunicación se produjo dentro de las reglas consabidas. Un día cayó en la cuenta de que ya no daban un mismo significado a las mismas palabras. Era una sensación que estaba más allá de las primeras peleas. Después llegaron los silencios. A veces ese mutismo de sofá, de pronto, se rompía pronunciando los dos a la vez la misma frase, como si su pensamiento fuera excitado por un único impulso eléctrico. Al principio esta telepatía les causaba sorpresa, incluso les producía risa, pero luego a David comenzó a aterrorizarlo. Eso les sucede a todas las parejas después de unos años de convivencia. No es nada grave, pensaba. Es el producto del hermaneo de las carnes.

Lentamente fueron evolucionando de forma distinta, los gustos comenzaron a no coincidir, ya no le daban el mismo valor a las cosas; los sentimientos, las emociones, las preferencias de cada uno se hicieron patentes y eran defendidas desde baluartes irreductibles. Al mismo tiempo los cuerpos se habían acomodado a los enseres del hogar y en realidad David ya no era nada sin el viejo sillón de orejas ni la silueta de Gloria podía desligarse de la lámpara o de la consola. Las imágenes de los muebles se hicieron solubles con sus propias figuras y el espacio de la casa se confundió con las frases repetidas, el olor de las estancias se hizo volumen con las miradas y los espejos reproducían sus imágenes gastadas. Pasaron algunos años. Esa molturación del tiempo sobre las almas de la pareja pudo convertir el amor en una suave amistad amorosa de no haber sucedido entre ellos aquella culpa, aquel dolor insoportable.

La tragedia sucedió al quinto año de felicidad. Esa tarde de septiembre estaban solos en el jardín de la casa de La Vera. No había gritos de otros niños. Terminadas las vacaciones, hermanos y cuñadas ya habían regresado a Madrid para incorporarse al trabajo. Gloria juraba que le había dicho a David que tuviera cuidado de la hija mientras se lavaba el pelo. David juraba que le había gritado desde el salón que cuidara de la niña porque iba a dar un paseo hasta el río. Media hora después, cuando Gloria salió del cuarto de baño sintió que el silencio del jardín le daba una puñalada en medio del corazón. El perro ladraba desesperadamente. Llamó a David. No contestó nadie. Llamó a Paloma. Tampoco contestó nadie, pero al oír el nombre de la niña el caniche redobló los ladridos lastimeros y comenzó a guiar a Gloria con carreras furiosas hacia la piscina y ella, antes de saber lo que había sucedido, ya comenzó a dar alaridos y a arañarse la cara.

Paloma flotaba en la piscina boca abajo con los brazos abiertos vestida con la falda de flores y las sandalias rojas y era perfectamente visible a medio metro dentro del agua color esmeralda. Cuando David regresó del paseo se encontró a Gloria con la mirada perdida sentada en la mecedora del porche. Acunaba a Paloma muerta en sus brazos con el vestido chorreando. Le cantaba una nana, la misma canción que a ella de niña le cantaba su madre para que se durmiera. Ante la presencia de David enmudecido Gloria ni siquiera levantó los ojos.

La culpa mata. Entre la piedad y el odio Gloria comenzó a apropiarse de aquella desdicha y parecía querer sólo para ella todo el dolor. A partir de aquel verano las peleas siempre iban acompañadas de alguna palabra de mutuo reproche que siempre aludía a aquella tarde aciaga. Mientras Gloria levantaba una memoria cotidiana a su hija muerta y le llevaba flores cada domingo a su tumba y establecía un altar en su casa con su retrato sobre la consola del dormitorio, David optó por sobrevivir a toda costa. Aquella niña les tuvo atados durante muchos años hasta que la muerte, ya enquistada, con el tiempo los fue convirtiendo en unos desconocidos, en unos muertos a ellos también. David trató de evadirse del laberinto de ese dolor con viajes de estudios, con la búsqueda de otras aventuras amorosas, con el recuerdo de todos los amores del pasado, con la inmersión en un mundo poético, lleno de sensaciones primitivas, que en aquel momento estaba guiado por Rimbaud.

En las tardes azules del estío, por los senderos iré,
picoteado por los trigos, a pisotear la yerba menuda:
soñador, sentiré su frescura en mis pies.
Dejaré que el viento bañe mi cabeza desnuda.
No hablaré, ni en nada pensaré,
pero un infinito amor en mí sentiré arder
y al igual que un bohemio, lejos, muy lejos,
iré, por el campo, feliz como junto a una mujer.

Clara era el nombre de aquella criada, casi adolescente todavía, que limpiaba y arreglaba las habitaciones del colegio mayor y servía a los alumnos en el comedor con uniforme negro, la cofia, el cuello y los puños almidonados. Era de un pueblo de Guadalajara y se la veía tierna y agraz, de belleza sorprendente, porque tenía los ojos negros de antílope, muy húmedos. Desde el primer día le había mostrado cierta querencia. Era el primero al que ella se acercaba con la humeante sopera en el momento de servir la mesa y no porque fuera el mayor de los residentes. El leve roce con el brazo al retirar el plato, la mirada sostenida, ese cálido y misterioso mensaje que el cuerpo de una mujer emite cuando se te acerca vencida, todo ese código de la seducción desarrollaba con David aquella criada tan bella, a la que todos los alumnos del colegio perseguían con ojos de deseo allí por donde se moviera, por los pasillos, cuartos y entre las mesas del comedor. Pero Clara era muy tímida y sentía por David un respeto insalvable. A fin de cuentas él pertenecía a otra clase social y además de señorito, como los demás alumnos del colegio, era un ayudante de cátedra con buen aspecto a sus treinta años ya pasados.

En las noches de insomnio David recordaba cómo fue su primer encuentro, una mañana en que Clara entró a arreglar el cuarto mientras otras criadas cantaban en el pasillo pasando la fregona. Clara llegó con un guardapolvo color de rosa y un delantal blanco, con

un cubo, el bote de detergente, toallas y sábanas nuevas, oliendo ella misma a jabón. David
se quedó a propósito en la habitación cuando
ella comenzó a limpiar el baño. Él estaba leyendo en ese momento unos versos de Fray Luis
de León, reproducidos en un tratado sobre la
mística española. A veces levantaba los ojos y
miraba la cama revuelta. Mientras Clara tiraba
de la cadena y sonaban los grifos del lavabo,
David recitó el inicio de este poema en voz alta
para que la niña lo oyera bien:

> ¡Y dejas, Pastor Santo,
> tu grey en este valle hondo, oscuro,
> con soledad y llanto!
> Y tú, rompiendo el puro
> aire, ¿te vas al inmortal seguro?

Los versos de Fray Luis sonaron entre el
fragor de la cisterna.
—¿Te gusta, Clara? —preguntó el profesor.
—Sí —contestó ella desde el lavabo.
—¿Lo entiendes?
—No.
Clara salió del cuarto de baño sonriendo con timidez y se dirigió a un lado de la habitación para arreglar la cama. Después tendría
que pasar la mopa por el suelo, pero también
ahora se negó David a bajar a la sala de lectura
como solía hacer otras veces. Se quedó en la

habitación dispuesto a abordar a la chica. Mientras Clara batía el colchón, cambiaba las sábanas, esponjaba la almohada y alisaba el embozo, el profesor siguió leyéndole en tono alto otros versos. Y sin que ella dejara de trabajar, todo el ámbito de la habitación se volvió a llenar de la música excelsa de Fray Luis, esta vez recitada de pie por el joven profesor, con las manos en los bolsillos, buscándole los ojos a la niña.

Cuando contemplo el cielo
de innumerables luces adornado,
y miro hacia el suelo,
de noche rodeado,
en sueño y en olvido sepultado,
el amor y la pena
despiertan en mi pecho un ansia ardiente.

Mientras pasaba las manos por encima del cubrecamas para quitar la última arruga, Clara volvió la cabeza y le dirigió una mirada intensa que no dejaba de ser ingenua.

—Esta poesía me ha gustado más. La he entendido toda. ¿La ha escrito usted?

—Sí —mintió David lleno de vanidad.

—Qué suerte va a tener la mujer que esté a su lado si le dice siempre cosas tan bonitas.

Se sentó de nuevo a la mesa atendiendo a cada movimiento de la chica y al terminar de arreglar la habitación Clara pasó con las sábanas sucias y el cubo de detergente muy cerca del profesor haciéndole notar la presencia de su cuerpo. Sabía que la seguiría con la mirada mientras avanzaba de espaldas hacia la puerta y, antes de cerrarla, Clara se volvió de repente y esta vez David le guiñó un ojo, ella sonrió, el profesor le hizo un gesto con la cabeza para que volviera a entrar en el cuarto, ella obedeció, se acercó a la mesa y quedó de pie esperando.

—Dame un beso —le dijo él.

—No —murmuró ella mientras dejaba ya el cubo en el suelo.

—Sólo un poco —insistió el profesor cogiéndole la mano.

El contacto de los labios fue muy leve, con un sabor áspero, frugal. Y después de ese beso Clara huyó. A partir de ese día David la esperaba siempre para leerle poemas mientras limpiaba su cuarto. Los besos furtivos, robados a veces fugazmente en un pasillo, se fueron intensificando y aquella criada se convirtió en una aventura diaria envuelta en una red de miradas y sonrisas. Todo el ámbito de aquel amor iniciático entre la dulce niña y el profesor estaba acotado. En el colegio mayor sólo había un lugar propicio para encontrarse a altas horas de la noche. Clara dormía con otras criadas en una habitación detrás de las cocinas, pero al final de un patio de luces había un cuarto trastero donde se guardaban todos los objetos de limpieza, junto con viejos muebles arrumbados, herramientas de jardinería y algunos cacharros inservibles. Allí se dieron la primera cita pasada la medianoche de un mes de enero con un frío glacial.

El profesor auxiliar de Historia de la Literatura, aspirante a la cátedra en las próximas oposiciones, bajó furtivamente a oscuras desde la segunda planta del colegio, y fue abriendo con sumo cuidado cada puerta hasta llegar al comedor y después de atravesar la cocina salió al pequeño patio lleno de cuerdas de tender ropa bajo las estrellas rutilantes de invierno. Tuvo que tentar a ciegas la pared del fondo para dar con una puerta que estaba entreabierta y allí esperaba Clara agazapada entre los objetos desechados, palpitando o tiritando en la oscuridad como un animal asustado. No encendió la luz al ver la sombra de David, pero pronunció su nombre y lo fue guiando en voz baja hasta encontrarse en un rincón.

—Aquí. Aquí. Cuidado no se vaya a hacer daño.

De pronto se encontraron sus cuerpos de pie y el profesor comenzó a acariciar a aquella adolescente a oscuras con la suavidad exigida por el miedo. Era la primera vez que Clara había besado a un hombre. Realmente no sabía cómo responder a sus caricias. Se limitaba a dejarse abrazar sin aflojar la carne, aunque por dentro de ella, aun a oscuras, David percibía que se estaba encendiendo un fuego capaz de hacer olvidar el frío polar que había invadido aquel trastero.

—Tenemos que calentarnos el uno al otro —bromeó David temblando de emoción más que de frío.

—Dígame ese verso que me gusta tanto.

—¿Ahora?

—Sí.

David le pidió que lo tuteara y entonces la abrazó con fuerza contra su pecho y sintió los latidos de su corazón, que le hicieron recordar cuando de niño cogía un pájaro y lo mantenía prisionero en su mano. Al oído de Clara murmuró mientras le desabrochaba los botones de la bata:

Cuando contemplo el cielo
de innumerables luces adornado...

Al terminar los versos Clara tenía los pechos liberados de un sostén algo rudo y David los amasó con ternura o los hizo bailar entre sus manos y a veces besaba sus pezones duros. Igual que sus labios, también sus pechos sabían a una fruta agraz. David se lo dijo y Clara sólo murmuró.

—¿Le gustan?

—Sí.

—Gracias —dijo ella.

David le rogó por segunda vez que lo tuteara, pero la niña, por más que lo intentaba, no podía. En lo demás fue muy obediente e hizo todo lo que el profesor le pidió en esa primera noche. Siguieron algunas citas más, no siempre previstas de antemano. En esa época David ya salía con Gloria todas las tardes y acudía a fiestas con ella y regresaba al colegio pasada la medianoche. Clara le esperaba sentada en la cocina a oscuras durmiendo con la cabeza apoyada en una mesa, aún vestida de uniforme. David entraba, la despertaba, ella sonreía, se restregaba los ojos, arqueaba el tronco de pie con las manos en los riñones y le conducía al trastero en silencio y allí bajo el olor a detergente dejaba que la amara.

David no tenía la sensación de estar abusando de aquella niña, aunque ella le habría seguido hasta dondequiera que la hubiera llevado. Nunca encontraría un ser más puro. Mientras el profesor navegaba por las alturas de Fray Luis de León y traspasaba el aire todo, hasta llegar a la más alta esfera para oír esa música excelsa, que es de todas la primera, como se decía en la oda del poeta, cada noche bajaba al trastero del colegio y encontraba allí la inocencia más entregada. No le exigía nada. Clara sabía que nunca tendría a aquel hombre. Era consciente de su condición, pero así como en el comedor, en las habitaciones de los alumnos, se sentía sometida a su destino de sirviente, en el trastero por un momento se creía libre porque volaba su imaginación en brazos de aquel amante.

A ninguno de los dos se le pasaba por la mente que pudiera unir su vida al otro algún día. Simplemente ella era una chica de servicio, recién llegada del pueblo, y él era un universitario con pinta de señorito recién llegado de Heidelberg, donde había hecho el doctorado. Clara nunca le hizo una pregunta, ni le recriminó nada, ni le pidió más amor, ni siquiera un poco de gratitud por haberle concedido su cuerpo y también su alma.

Este amor sellado nunca fue desvelado. Duró varios meses, hasta que David se casó. Durante muchos años recordaría su despedida con Clara el mismo día en que el joven profesor abandonó el colegio mayor vestido con chaqué para casarse en la iglesia de los Jerónimos. La noche anterior habían estado en el cuarto trastero y en los dos había la certeza de que no se verían nunca más. Hacía calor de junio. Por una de las ventanas abiertas la luna llena iluminaba todo el desorden de los trastos arrumbados y proyectaba los gestos de amor formando sombras en la pared. Cada caricia era una imagen distinta. Se amaron en silencio con más fuerza que nunca tumbados en el suelo de cemento y en el último estertor ella derribó un cubo de fregar y con el ruido un ave que dormía en el alféizar de la ventana salió volando.

—Ha sido una paloma —dijo Clara.

—¿Seguro que ha sido una paloma? —preguntó David—. ¿No nos estará espiando alguien?

—Ha sido una paloma. No tengas miedo. Dame un beso. El último. La paloma ha salido volando. Ella volverá mañana, pero tú no, David. Dame el último beso —murmuró la niña por primera vez con una leve queja cargada de melancolía.

—Nos volveremos a ver algún día —dijo David para consolarla.

—Te he traído un regalo para que no me olvides. Toma. Es una piedrecilla. Ahora no la puedes ver, pero es de lapislázuli. Era de mi madre.

—Vaya, yo no te he traído nada. Perdona. Soy un desastre —dijo David.

—No te preocupes —dijo la niña.

Al día siguiente los familiares de David y algunos amigos del colegio llenaban la habitación mientras se vestía el novio. En ese momento las criadas pasaban la fregona y arreglaban los cuartos. Clara estaba en otra planta con el cubo de detergente y las bayetas en la mano cuando la comitiva nupcial bajó por la escalera. Rodeado del grupo de amigos, vestido de chaqué, David buscó con los ojos a la niña para despedirse con un guiño y una sonrisa, pero no la encontró entre las otras criadas que se hacían a un lado cuando pasaba la comitiva. Al oír un bullicio de risas Clara corrió hasta el primer rellano pero ya no pudo ver a David sino de espaldas, que se perdía por las escaleras. Bajó a zancadas, y al llegar a la puerta casi sin resuello, su amante acababa de entrar en el Mercedes y la niña vio desde el umbral del colegio cómo se alejaba. No pudo decirle adiós.

El pasillo de la segunda planta había quedado en silencio. Clara entró en la habitación de David, ya desierta, donde había dos maletas cerradas y algunos bultos dispuestos también para partir. La niña percibió el perfume de su amante secreto y con los ojos empañados fue husmeando el cuarto de baño, la mesa, la cama, todos los rincones. Revolvió la papelera y antes de vaciarla desdobló algunas cuartillas arrugadas. Ya que David no le había dado ningún regalo, se guardó de recuerdo un papel rasgado en el cual el profesor había garabateado el inicio de un poema, que ahora estaba partido por la mitad: *Cuando contemplo el cielo, / de innumerables luces adornado...* La letra de estos versos de Fray Luis a Clara le sonaba. Se guardó ese papel en el bolsillo, se sentó sobre una maleta y le saltaron las lágrimas.

En ese momento llegaba Gloria a la iglesia de los Jerónimos en otro Mercedes, adornado con guirnaldas de azucenas y cintas blancas, para efectuar la entrada por la nave central hasta el altar del brazo de su padre, bajo los acordes del órgano y el sudor perfumado de más de trescientos invitados. En los bancos de la iglesia estaba establecida la diferencia de familia de cada contrayente. Gloria aportaba a gente de buen talante, colegas de la medicina, algunos pacientes ilustres del famoso cirujano, mujeres vestidas de sedas brillantes, alhajas y bisutería fina; en cambio, los invitados de David eran muy pocos y pertenecían a la enseñanza, a la administración del Estado y tenían un aspecto provinciano, aunque se notaba que sus antepasados también se duchaban todos los días.

Si Gloria hubiese sido una chica poco atractiva cualquiera habría pensado que David se casaba con ella por dinero, pero la novia, al pie del altar, brillaba con toda su belleza. Por eso después de la ceremonia David fue felicitado incluso con envidia por algunos colegas de la universidad y en las caras de todo el mundo se veía la franqueza, tanto en la iglesia como en los salones del Ritz donde se celebró el banquete. La noche de bodas la pasaron en una suite del mismo hotel, antes de salir de viaje de novios al Caribe y a Nueva York. Ella se cambió de camisón tres veces, uno de seda, otro de gasa, otro sólo de carne. Y ésta acabó ensangrentada. David se esforzó por parecer un amante experimentado, aunque no lo consiguiera.

—En el Caribe nos va a salir mejor —dijo David.

Gloria volvió del viaje de novios ya embarazada. Se puso aún más bella con aquella criatura en su vientre y hacia ella comenzaron a converger todas las corrientes amorosas que David había experimentado durante toda su vida. Para infundirle la pasión que había sentido por Clara, cuando nació la niña, David quiso bautizarla con el nombre de Paloma en recuerdo del alma que salió volando desde la oscuridad del cuarto trastero. Clara le dijo la última noche de amor que la paloma volvería. David trató de volcar toda la pasión en el aire para que la paloma se orientara. David deseó profundamente que se posara en un nuevo cuerpo que ahora se llamaba Gloria.

... si los amantes van por las montañas atravesando valles, islas extrañas, ríos rumorosos y oyen el silbar del aire amoroso, llegará un momento en que sus cuerpos se vestirán sólo de carne bajo un granado...

La primera descubierta que hicieron juntos Ana y David fue una excursión por la montaña en busca del nacimiento de un río cuyo nombre desconocían. Era el tiempo de las granadas. Dejaron el coche en la plazoleta de un pueblo de la sierra y siguieron a pie por una ruta que a veces se perdía bajo una floresta salvaje todavía bañada por las recientes lluvias de otoño. El sol encendía ahora las hojas mojadas e incluso sacaba un brillo nuevo de los caparazones de algunos insectos recién lavados. La naturaleza tenía una fuerza tan poderosa que era muy difícil caminarla sin decir la verdad.

Junto al sendero aún quedaban zarzales con moras maduras. Cogieron algunas y las comieron. Hasta ese momento iban hablando de pequeñas sensaciones cotidianas muy pegadas a la vida, del placer de desperezarse en la cama los domingos, del zumo de naranja que a ella le gustaba tomar lo primero al levantarse, de cómo serían de profundas las rebanadas de pan de centeno con aceite virgen que un día desayunarían juntos en una casa de la Toscana donde habría viñedos y cipreses, del olor de la tinta del periódico mezclado con el perfume del café, de la belleza de las hojas amarillas o de color cobre de las hayas y robles que crujían ahora bajo sus botas de montaña, del músico de jazz que cada uno prefería, de la humedad que les empapaba la cara y de algunos recuerdos de sus vidas. Habían comenzado a trabar sus almas con estas experiencias sensoriales mientras caminaban por el sendero que coronaba la arista de un acantilado.

Abajo había un cauce muy profundo con una arboleda espesa que no dejaba ver el río, cuyo sonido se confundía con el rumor de la brisa en los álamos. Iban hablando de esas cosas verdaderas cuando David se detuvo de nuevo ante un zarzal y con cierto esfuerzo trató de coger unas moras rojas y, al tirar de una de sus varas, arrancó el fruto al tiempo que se clavaba una espina en la yema del dedo. La presión hizo que la pequeña gota de sangre que le afloró en el dedo se confundiera con el zumo que soltó también una mora aplastada. David se sorprendió al ver que Ana lo abrazaba convulsamente buscando el dedo herido y manchado para chuparlo de forma ciega. Luego siguieron caminando y entonces comenzó a oírse el agua. David comentó que por aquel paraje, que ya se había suavizado con un pequeño valle entre los álamos y hayedos de troncos plateados, andaría el ciervo vulnerado de San Juan de la Cruz en busca de su amada, pero poco después el sendero volvió a hacerse abrupto. Los amantes ya se habían contado algunas historias y en uno de los altos del camino, en plena ascensión, David recordó que Ana había sido poseída por primera vez en presencia de unos venados.

A medida que avanzaban por una garganta de la sierra el viaje también se hacía más hermético por dentro del alma y después de una hora comenzó a espejear el río entre los helechos. A veces atravesaban un túnel de frutales silvestres por donde el sol se filtraba y sobre los amantes hubo un momento en que comenzaron a pender granadas. David escogió una muy madura.

—Parece una bolsa de cuero —dijo Ana.

—Es una bolsa de cuero llena de rubíes. Recuerdo ahora unos versos de San Juan de la Cruz que me pusieron en el examen de bachillerato. No se me van a olvidar jamás.

Mientras le ofrecía de regalo aquel fruto, David comenzó a recitar:

> ... *y luego a las subidas*
> *cavernas de la piedra nos iremos,*
> *que están bien escondidas,*
> *y allí nos entraremos*
> *y el mosto de granada gustaremos.*

—¿Quién sería la amante del ciervo? —preguntó Ana.

—Podías haber sido tú cuando tenías quince años. Guarda la granada en la mochila

y cuéntame qué fue de aquel lobo que te enseñó a ver las constelaciones —le pidió David.

—¿Quieres oír la misma historia otra
vez? —exclamó Ana cogiéndose de su mano.

—Quiero saber qué señales dejó aquel
ser en tu alma.

—Ya te dije que el hombre lobo bautizó
con mi nombre a una de las estrellas. Aún hoy
siempre que la miro me acuerdo de él. Durante
mucho tiempo tuve la sensación de que aquel
hombre nunca había dejado de vigilarme, de
que todas las tardes me esperaba a la salida del
Conservatorio y me seguía por la calle confun-
dido entre la gente con sus ojos puestos en mi
espalda. A veces en el autobús o en el metro sentía su aliento en la nuca como si él viajara en el
asiento de atrás.

—¿Lo volviste a ver alguna vez?

—Durante algún tiempo en la acera del
Conservatorio había un perro echado esperando
a que yo saliera y luego me seguía por la calle
hasta que de pronto en una esquina lo perdía
de vista. Otras veces aparecía de forma inespe-
rada en los lugares más alejados.

—¿Cómo era ese perro?

—Era de pelo muy duro, con ojos de fuego, parecido a un pastor alemán. Los colmillos
le llegaban hasta la mandíbula, pero era muy
amistoso. Una tarde se cruzó conmigo en una
calle desierta y al ver que venía hacia mí de forma extraña tuve una premonición. Al princi-

pio quise echar a correr. No pude hacerlo. Me quedé paralizada y luego una fuerza desconocida me hizo ir hacia el animal. Comencé a acariciarlo. No me preguntes por qué. Luego por la noche lo seguí acariciando durante un sueño y a medida que lo acariciaba el perro comenzó a tomar figura de hombre lobo. Debajo de su pelaje negro y duro reconocí al entrenador de baloncesto. Comenzamos a hablar amigablemente. Se comportó como si su aparición fuera absolutamente natural. Me invitó a tomar un café en el primer bar que encontramos. Tal vez la gente lo veía como una persona normal, porque nadie volvía el rostro ante aquel ser monstruoso. Me preguntó con cierta sorna si ya había aprendido a jugar al baloncesto. Cuando le dije que odiaba ese deporte y que no había vuelto a tocar un balón desde aquel verano, se mostró muy interesado en saber si al menos me habían servido las clases nocturnas que me había dado con tanta intensidad. Entonces con la zarpa me acarició esta cicatriz de la barbilla. «Esa señal es mía. Cuídala bien», me dijo. Ya te lo conté. Ese hombre me mordió aquí mientras me poseía a la luz de la luna.

—¡En presencia de unos venados! —exclamó David.

—De pie junto a la barra del bar poco a poco aquel monstruo fue tomando la figura de un hombre corriente. Era el entrenador Mikel muy envejecido, aunque sólo habían pasado dos años.

—¿Qué aspecto tenía? —preguntó David lleno de curiosidad.

—Era un tipo vulgar, con un rostro sin interés, como miles de hombres con los que te cruzas en la acera. Pagó la consumición y se fue. Sin que me diera cuenta metió en mi bolso una tarjeta con su dirección y el número de teléfono.

—¿Volviste a soñar con él?

—Aunque pensé que aquel hombre había venido a este mundo sólo para hacer lo que hizo conmigo, ya nunca más lo volví a soñar. Pero él me dijo al despedirse: «Te seguiré todos los días y todas las noches por la ciudad».

—Lo llevas todavía dentro de ti. Ahora se llama Bogdan.

—Tal vez. Pese a que aquellas escenas de amor estaban llenas de romanticismo bajo la protección de una estrella que llevaba mi nombre, con el tiempo empecé a sufrir una transformación. Me excitaba más el recuerdo de aquel hombre cuando lo imaginaba insultándome en la cancha de baloncesto que si lo recordaba tendido a mi lado acariciándome con la suavidad con que lo hacía. ¿Soy una mujer normal? Durante mucho tiempo una de mis fantasías consistía en ver a aquel entrenador con cara de lobo, sus colmillos ensangrentados, todo peludo, los ojos de fuego y el sexo por el vientre hacia arriba, unas veces aullando palabras de amor y otras mordiéndome en medio de la cancha de baloncesto. En cambio, si lo imaginaba muy guapo y dulce, muy limpio y desnudo a la luz de la luna, me quedaba fría. Aquella mezcla de amor dulce en la noche y violencia a plena luz del sol todavía la llevo aquí dentro y por eso mi relación con los hombres siempre ha sido muy difícil.

Ignoraban el nombre del río que remontaban en busca del primer manantial y tampoco sabían el tiempo que necesitaban para llegar, pero aquella mañana eran felices inmiscuyendo su amor en la naturaleza. Por los tramos llanos caminaban cogidos de la mano, en las cuestas a veces se distanciaban hasta perderse de vista cubiertos por el ramaje lleno de frutos. Después de una hora llegaron a la primera cascada y bajo su sonido violento se besaron con la ternura de algunos animales. David la trataba como a una convaleciente porque Ana parecía muy dañada por la pasión del pianista Bogdan. La cascada caía con enorme fuerza y la humedad que liberaba alrededor daba una emulsión muy fluida al tacto de sus cuerpos y, aunque el sudor del camino se había transformado de repente en escalofríos, el corazón de los amantes abrazados mandaba ligeros jadeos a la superficie, pero el estruendo del agua apenas dejaba oír lo que ellos se decían.

David murmuró lo feliz que se sentía amándola en aquel espacio abierto y no en una habitación sellada por una pasión clandestina. Ana permaneció un tiempo callada recordando con los ojos muy lejanos la historia que él le había contado de una niña encerrada en un cuarto trastero y de pronto comenzó a llorar de nuevo y David pensó que lloraba forzada por la plenitud del paisaje que la envolvía y, cogiéndola de la mano, le dijo:

—Cuando te adentras en la naturaleza y llegas hasta su corazón, donde habita el dios Pan, que es el guardián del Todo, él te proporciona su don y con el pánico crees que tu espíritu se desintegra; en cambio, otras veces este mismo dios hace que el paisaje se convierta en una extensión de los sentidos hasta adquirir la forma del alma y entonces la dicha poseída te lleva a las lágrimas. Me gustaría que lloraras porque ahora te sientes feliz.

—Sabes que lloro fácilmente por cualquier cosa —dijo Ana—. De pronto me he acordado de aquella niña que abandonaste el mismo día de tu boda. ¿Cómo se llamaba?

—Clara.

—¿Qué habrá sido de ella?

—No sé.

—¿Por qué no fuiste valiente aquella vez que aún eras muy joven? ¿Por qué sigues siendo tan cobarde?

—La adoré en aquel cuarto lleno de objetos inservibles. Allí hice que se sintiera una reina. Le di cuanto le podía dar.

—No.

—Incluso creí que ella me estaría siempre agradecida por haberla tratado como a una señorita.

—¿Una señorita en el cuarto de las ratas? —exclamó Ana.

—Así era de estúpido. Son caídas que te van destruyendo —murmuró David.

—¿Dónde estará ahora aquella niña, Clara? ¿No la volviste a ver?

—Un día creí verla desde la ventanilla del autobús esperando en un semáforo. No estoy seguro de que fuera ella. No sé qué habrá sido de su vida. A lo mejor se casó con un muchacho muy trabajador y ahora será la dueña de un supermercado o su marido tendrá tres camiones o será una jubilada en el pueblo. Puede también que haya muerto. A lo largo de los años siempre que he pensado en aquella niña de ojos de antílope he sonreído lleno de melancolía y en mi imaginación le he puesto alas, la he convertido en una princesa. Ha sido una forma de redimirme. La última noche que nos vimos me regaló una piedra azul. Con ella me hice un llavero que conservé mucho tiempo. Lo perdí en uno de los cambios de casa. Tal vez estará olvidado en un cajón.

—¿Convertiste aquella pasión en un llavero?

—Bueno, así fue. El llavero perdido y Clara tal vez muerta.

—Si fuiste el primer hombre que la besó y ha muerto, ten por seguro que en los últimos momentos de su vida te habrá recordado —dijo Ana.

—Aquella última noche una paloma salió volando a oscuras del cuarto trastero. Me doy lástima, pero todavía me queda un tiempo para recuperar en ti todos los amores perdidos. Bésame tú ahora —le pidió David.

—¿Quieres que nos amemos aquí como si fuéramos una pareja de ciervos? ¿Con toda su pureza?

—Quiero que te olvides de Bogdan.

—Estoy muy angustiada, pero no creas que es fácil olvidarlo —exclamó Ana.

—¿Por qué?

—Lo conocí de una forma muy extraña. Ha sido otra de mis locuras.

Bogdan había llegado a España en una gira de la Orquesta Nacional de Rumania, de la cual había desertado para pedir asilo político. Las cosas se le torcieron. Anduvo perdido por Madrid sin papeles y durante un tiempo durmió en los portales, pedía limosna en los semáforos con un cartón colgado del cuello que llevaba escritas estas palabras: Soy un músico rumano exiliado. No le fue del todo mal. Excitaba la caridad de los automovilistas porque vestía una ropa que le daba a medias un aire de mendigo y bohemio elegante. Ana entonces vivía en Lavapiés. Pertenecía a un grupo que había ocupado una casa en ruinas. Por allí cayó Bogdan un día. Venía de pedir limosna, de buscar trabajo, de andar como un perro por la calle.

—Realmente Bogdan era un perro perdido en la ciudad —dijo Ana.

—Sí —exclamó David.

Cuando conoció a Bogdan en aquella casa en ruinas Ana estaba al final de su rebeldía anarquista que había iniciado a los dieciocho años. Hasta llegar a Bogdan había pasado por amores de comuna, por las canciones de Léo Ferré y Jacques Brel, por el ejercicio del violonchelo en algunas plazoletas nocturnas del Madrid de los Austrias, por viajes en autoestop hasta Marrakech, por el inevitable nudismo con marihuana en Ibiza, y todo ese circuito lo recorrió inocente y furiosa de vida, sin dejar de estudiar música, pasando por un matrimonio inmaduro e intempestivo con un colega argentino que tocaba el bandoneón en la plaza Mayor y por un divorcio dos años después, que no le dejaron huella ni traumas. Convulsa, batida y absolutamente abierta a cualquier sensación que fuera agónica, había llegado Ana a la casa derruida de Lavapiés y un día interpretó una suite de Bach colgada de un andamio para enfrentarse a la policía que trataba de sacar de aquella guarida a una tropa de okupas, entre los que había un pianista rumano.

Ana se había enamorado de Bogdan por la intensidad de sus ojos y un día le siguió desde la casa ocupada hasta la esquina de Serrano donde el pianista pedía limosna. Era el final de una tarde de sábado. Bogdan iba con andrajos oscuros y botas desventradas. Su barba fiera le investía de una elegancia muy noble porque la expresión de su rostro no era la de un vagabundo derrotado sino la de un tipo lleno de orgullo. Puede que Ana tuviera un corazón de oro, pero ella quería medirse una vez más en el límite de las sensaciones. Ana sabía que Bogdan era músico, aunque entre ellos nunca habían cruzado una palabra durante los pocos días que habían convivido en aquellos jergones distribuidos por diversas estancias de la casa ocupada. Por eso Bogdan se sorprendió al ver que Ana se acercaba a aquella esquina de la calle de Serrano a darle una limosna como si fuera una señorita compasiva.

—Toma —le dijo ella largándole un puñado de monedas.

—¿Por qué lo haces? —preguntó Bogdan.

—Quiero pedirte un favor. He hecho una apuesta.

—¿Una apuesta con quién?

—He apostado conmigo misma que esta noche te llevaría a bailar a la discoteca más elegante de la ciudad.

—Soy un mendigo. No me van a dejar entrar en ninguna parte —dijo Bogdan sonriendo.

—Serás el más guapo, el más exótico, el más extraño. Así como vas.

Ana cogió de la mano a Bogdan y no la soltó durante todo el trayecto por la acera de Serrano a la hora en que hervía de gente perfumada, de chicas guapas con bolsas de tiendas de lujo, de señores con abrigos de cachemir y bajo el reflejo de joyerías y miradas de maniquíes vestidas con las mejores marcas en los escaparates, vadeando a otros pordioseros que estaban arrodillados en la acera con los brazos en cruz ante una lata de sardinas que les servía de plato limosnero. Cuando ya se encendía la noche, le llevó a cenar a un restaurante de velas y servilletas rojas y allí hablaron de música, y luego Bogdan contó algunas cosas de su pasado, recuerdos de su país, los sufrimientos que le había causado el exilio; le habló de Katia, su mujer, que se había quedado en Bucarest esperando su llamada; de la humillación de pedir limosna en la calle, pero sobre todo del terror que sentía a que se le anquilosaran las manos. Hacía años que no tocaba el piano. Para hacer ejercicio de dedos había dibujado un teclado de tamaño natural en un cartón de embalaje que extendía sobre un banco del Retiro y todos los días ejecutaba de memoria en ese piano el *Claro de Luna,* de Beethoven, y otras piezas preferidas para los pájaros y otros vagabundos. La forma con que contó esta desgracia mirando a Ana con unos ojos oscuros y magnéticos hizo que la compasión comenzara a hacer en ella los primeros estragos. Una vez más estaba dispuesta a perderse para salvar a otro sin medir las consecuencias.

Esa noche fueron a bailar a Pachá y no hubo problemas a la hora de atravesar el parapeto de gorilas musculosos que guardaba la puerta. Los harapos que lucía Bogdan parecían de oro cuando los iluminaron los focos al entrar. Después de todo, recoger a un mendigo en la calle y llevarlo a una discoteca de moda podía interpretarse como un esnobismo muy elevado.

Una mujer sabe cuándo manda hasta que un día se ve abierta sobre el altar del sacrificio. Ana tenía en sus brazos a un hombre tímido y desamparado cuya historia la había conmovido hasta las vísceras. En la penumbra de la pista se pegó a él para darle todo el calor de su cuerpo. El sudor primitivo que el hombre despedía y el tacto de sus harapos herrumbrosos le despertaron algo muy confuso en su instinto protector, aunque también ella se sentía desvalida y necesitaba agarrarse a un nuevo amor para salir de su propio laberinto. Aquella

primera noche de su encuentro sólo se besaron
compasivamente y Bogdan dejó escapar lo más
sensible de su sentimiento llorando de gratitud,
pero después se amaron de noche en los bancos de los parques y compartieron bocadillos
hasta llegar a la casa ocupada y fijar su amor
definitivo en un jergón de borra, donde en una
sesión muy convulsa de amor Ana fue orinada
por el rumano de arriba abajo como un predador que marca sobre su cuerpo un territorio
de su propiedad. Y así lentamente ella se so-
metió a una violencia ritual que al principio le
supo a un licor muy fuerte, muy dulce. Luego
aquel amor balcánico se fue convirtiendo en una
mística degradada, de la que ya no podía prescindir.

No sabía explicarse aquella encarnación
en la que había caído. Bogdan estaba orgulloso
de la calidad noble y absolutamente salvaje de
su corazón y en el primer momento hizo que
Ana se sintiera también orgullosa de esa diferencia. Muy pronto sintieron una necesidad im-
periosa de trasvasarse el cuerpo, del mismo
modo que dos personas del mismo grupo san-
guíneo pueden salvarse de la muerte donándo-
se la sangre. No sé si a eso se le puede llamar
amor, pero ese conflicto lo vivían como un misterio sagrado, experimentaban el sexo como un
sacrificio ritual que se hacían a sí mismos cre-
yéndose dioses. Una tarde en que Bogdan estaba tumbado en la cama, con fiebre, totalmente

desnudo, Ana se acercó a su cuerpo, le pidió que abriera bien los párpados y pasó la lengua por toda la superficie acuosa y palpitante de sus ojos, la córnea, el iris, la pupila. Nunca había hecho nada semejante con nadie, pero sintió la necesidad sexual de comportarse así, del mismo modo que él en otras ocasiones había introducido la lengua en su vagina humedecida por la sangre de la menstruación. No se trataba de algo violento ni escabroso.

—Al principio sólo era muy místico ese deseo voraz de comunión, de alcanzar la intimidad máxima a través de todos los humores del cuerpo, aunque muy pronto comencé a sentir un poco de pánico —dijo Ana.

—La mística nunca tiene un final. Los animales siempre se detienen —contestó David.

—No siempre. Sabes muy bien que hay hembras que se comen al macho después de copular. Bogdan siempre quería llegar más lejos. Quizá él entonces ya había pensado en la muerte. Desde el principio estuve asustada. Ahora ya no puedo más. Pero me muero por él. ¿Entiendes eso?

—No —exclamó David.

De pronto se produjo un extraño meteoro: comenzó a llover de abajo arriba. Desde el fondo del cauce ascendía una niebla compuesta de infinitas partículas encendidas que se elevaba entre los paredones del acantilado, envolviendo las catedrales calcáreas con arbotantes, contrafuertes y pináculos que había creado la erosión. El sendero tenía en el flanco muchas grutas acuáticas. Allí estaban las altas cavernas de piedra, según el *Cántico espiritual* de San Juan de la Cruz. Una de ellas tenía una plataforma colgada sobre el abismo y se hallaba a una distancia medida del manantial, padre del río cuyo nombre ignoraban, de forma que el sonido del agua era sólo rumoroso y formaba un cauce también a las palabras de amor.

Llevaban viandas apropiadas a la excursión de un solo día, queso, pan, conservas, agua y algunas frutas que habían cogido por el camino. Era tan bello el paisaje que los amantes por un momento quedaron sin memoria y comenzaron a reparar las fuerzas en silencio. Después, Ana volvió a hablar del amor balcánico bajo cuya posesión estaba y, mientras tanto, David partía la granada con una navaja que luego blandió en el aire con su hoja empapada de zumo. David percibió el desamparo en los ojos de su amante.

—Un día me dijiste que tenías buen corazón, pero que tu alma era negra.

—¿Eso te dije?

—Puedes explicármelo ahora que estamos vigilados por esos cuervos que vuelan en círculo ahí arriba sobre algún animal muerto.

—Bogdan está viviendo unos momentos de mucha agonía con su mujer. Cree que ella es el único obstáculo que se interpone entre nosotros. No sé de qué sería capaz. Son cosas demasiado fuertes para hablar de ellas aquí junto a este manantial de aguas tan puras.

Mientras Ana guardaba silencio, con la mirada obsesiva seguía el movimiento de la navaja sobre aquella bolsa llena de rubíes. Cuando David le ofreció parte de la granada comprobó que por estar en exceso madura se licuaba entre sus dedos. Luego Ana pidió a David que se tumbara boca arriba y le fue desabrochando los botones de la cazadora y los de la camisa hasta dejarle el pecho abierto, en el que volcó primero una sonrisa maliciosa y a continuación exprimió la granada sobre la tetilla izquierda, que quedó también ensangrentada de una herida que parecía manar del corazón.

—Como ves, he aprendido el juego —murmuró Ana con la emoción contenida.

—Eres una convaleciente muy disciplinada —dijo David.

—¿No fue San Juan de la Cruz quien se refirió a este ejercicio? —preguntó Ana.

—¿Puedes ver el mar ahora?

—Sí.

—Me gusta que conserves aquel don de cuando eras niña —murmuró David.

—No dejes que me pierda —dijo Ana.

—No soy un hombre fuerte.

—Elígeme, por favor, elígeme a pesar de todo —murmuró Ana mientras le lamía el zumo de granada derramado en el pecho.

Arriba graznaban los cuervos, pero el corazón de Ana quedó pacificado al igual que los espíritus que se alimentan de sangre cuando clavan los colmillos en el cuello de su amante como vehículos para llegar al alma. Entonces comenzaron a amarse en forma de animales y en mitad del éxtasis Ana llamó de nuevo a Martín con unos gritos que resonaban en el fondo de la caverna.

—¡Oh..., Martín..., ven..., ven tú!... ¡Acábame tú..., Martín! ¡Dondequiera que estés, te amaré siempre, Martín!

Después del amor Ana le pidió perdón y quedó dormida con la cabeza apoyada sobre el pecho manchado con zumo de granada y saliva. En ese momento, requerido por el insistente grito de Ana, el espectro de Martín se puso en pie y comenzó a caminar hacia ella desde un lugar desconocido. En medio de la naturaleza, bajo el poderío del dios Pan, el de las pezuñas de macho cabrío, que rige también el azar de la pasión amorosa, el mito entró en acción.

Oyendo la respiración acompasada de su amante, David pensaba en días muy lejanos. Recordaba con melancolía una ascensión solitaria que hizo a un valle de los cerezos donde en otros tiempos fue feliz en medio del silencio, tratando de interpretar el jeroglífico que los lagartos llevan grabado en la piel. ¿Cuántos años habían pasado? La primera vez que subió al valle de los cerezos la belleza de aquel paisaje le llenó de un placer casi salvaje los sentidos. Aquella mañana de primavera, mientras ascendía muy despacio las ramas cuajadas de cerezas invadían el interior del coche por las ventanillas y, al arrebatarle sin esfuerzo alguno este fruto maduro al árbol, tenía la sensación de estar recibiendo de la vida un amor inmerecido. Era un amor que aún no tenía nombre. Pero un día perdió a Clara, luego a Eva, luego a Silvia, luego a Gloria, su mujer, y ya con el recuerdo de los amores perdidos volvió a subir a aquel valle cuyo esplendor había soñado desde su juventud y creía estar ejerciendo su particular mito de Sísifo, aunque siempre era de distinto peso la piedra que cargaba, sólo que, en lugar de transportarla sobre la espalda, la llevaba en el corazón o en la mente. ¿Cómo era posible estar tan triste en medio de este oleaje de cerezas encendidas?

—¿Qué hora es? —preguntó Ana.

—No sé. Debe de ser tarde —contestó David demorándose en la pereza.

—¿Nos vamos?

—He tenido un sueño muy raro —dijo David mientras se incorporaba.

—Tenemos que darnos prisa si no queremos que se cierre la noche. ¿Has soñado? ¿Qué has soñado?

—He soñado con un lagarto que descubrí cuando era joven en lo alto de un valle de cerezos y que llevaba grabado un jeroglífico rugoso en su espalda. Al final de un camino me había sentado sobre mi propia melancolía, a la sombra de una pared que aún rezumaba por las grietas la lluvia pasada.

—Es la misma humedad que ahora nos envuelve —comentó Ana.

—Desde allá arriba cada barranco abría un ojo azul que era el mar donde habían naufragado todos los placeres de la juventud. Jugaba con el bastón a arrancar una piedra de buen tamaño que se hallaba a mis pies cuando, de forma imprevista, por debajo salió un lagarto que antes de huir quedó extasiado mirándome con la cabeza ladeada. He creído leer un verso anónimo labrado en su piel hace miles de años: olvida los amores perdidos y toma el nuevo amor que la hora presente te regala. Después he arrancado la piedra y ella por sí misma ha salido rodando por todo el valle poseída por el fuego de las cerezas. La piedra era la de Sísifo. Se llevaba mi corazón. Me he despertado diciendo: mañana iré a buscarla. Al final del sueño te estaba abrazando y en la nueva ascensión te llevaba a ti en brazos a la cima de la montaña.

Cuando David se abrochó la camisa aún tenía el pecho manchado de zumo. Iniciaron el regreso cogidos de la mano y, mientras bajaban de la caverna de piedra para recuperar el sendero, ella le dijo que le había gustado mucho el sueño que le había contado. Esta vez Sísifo ya no abandonaría nunca el amor de su corazón porque aquella condena de los dioses le habría servido de aprendizaje. Llegados a un punto vieron que la ruta se bifurcaba y los amantes no supieron cuál era el camino por el que habían venido. En la encrucijada echaron a suertes su destino y comenzaron a caminar de nuevo. Mientras el sol se doblaba por encima de las catedrales calcáreas y la profundidad del cauce se ofuscaba, después de andar una hora perdidos hacia la noche oyeron el estruendo de nuevas cascadas y en seguida conocieron que allí no había un manantial sino dos corrientes que se juntaban en un solo río.

Entonces comenzó a caer la niebla y todo parecía preparado para una gran desgracia en cuanto ellos se vieran del todo perdidos. Ana sentía el terror de la naturaleza, pero siguieron caminando por la orilla guiados por el sonido del agua que había formado una sola corriente entre las paredes del desfiladero y era esa hora incierta de la tarde en que los animales piensan ya en sus madrigueras y los pájaros eligen el árbol más seguro para atravesar la oscuridad, pero aún había gritos desgarrados de aves que resonaban en el cauce y, si la niebla se hubiera disipado, los amantes habrían visto el cielo de un azul ya desvaído.

David sabía que una mujer ante un grave peligro siempre prefiere un héroe a un poeta. Llegado este momento David debería sacar el valor de lo más hondo de su espíritu porque ese era el desafío al que le enfrentaba la naturaleza y Ana formaba parte de ella también. Un hombre se mide ante la adversidad. Escalar una montaña, saltar por un precipicio, matar una serpiente pitón, atravesar un río lleno de cocodrilos o realizar un viaje al corazón del bosque donde el dragón posee bajo sus garras a la doncella y realizar estas hazañas es un código que debe cumplir el héroe para ser recompensado por el amor. David hizo bien este papel. Andaban extraviados en medio de la niebla que apenas dejaba ver un horizonte a más de cincuenta metros y él la llevaba de la mano indicándole todos los obstáculos del camino, las rocas, las ramas de los árboles, los pequeños desniveles. Sabiendo que Ana iba muy angustiada y aunque estaban a punto de despeñarse, para distraerla le contaba cosas anodinas, la pereza que le daba volver a dar clases en la Universidad, la cita que tenía con el dentista al día siguiente, la última película que había visto, su próxima conferencia en la Residencia sobre la hija de García Lorca y, cuando el sendero terminó en un vado que les obligaba a pasar a la otra orilla del río por un estrechamiento del cauce que lo convertía en una cascada, como si este peligro no existiera, David la ayudó a saltar mientras le decía que la mermelada que más le gustaba era la de naranja amarga.

—Venga, salta ahora.

—Tengo miedo, David. No veo nada —gritó Ana.

—Me acostumbré a esa mermelada cuando estuve en Alemania. Venga, salta, salta.

—Me voy a matar.

—No te sueltes de mi mano.

Ana resbaló y David la tuvo suspendida del brazo durante unos minutos sobre un pequeño precipicio. Al final pudo rescatarla, pero con el esfuerzo se le cayeron las gafas, que la corriente se llevó hacia abajo. Pasaron al otro lado del río y, aunque David iba aterrorizado, casi a ciegas dentro de la niebla, se sentía orgulloso porque había dado la talla ante sí mismo y sabía que Ana no tenía otra defensa en la vida que el valor que él le demostrara en ese momento. Durante una hora más anduvieron perdidos. David no veía nada y era Ana la que ahora debía llevarle de la mano y señalarle los obstáculos del camino. Nada hacía presentir que encontrarían una salida antes de que llegara la noche, por eso David pensaba qué nueva hazaña debería realizar casi ciego para salir airoso del trance, pero la suerte premió su coraje porque sin que él hubiera demostrado miedo en ningún instante, de pronto, se despejó la niebla y apareció un valle con luces al fondo que pertenecían al pueblo de la sierra de donde habían partido esa mañana. Se sentaron a descansar. Bebieron. Se besaron abrazados llenos de escalofríos y, estando así, David comenzó a contar una historia:

—Dos fugitivos se encontraron de noche en la cumbre de un valle muy profundo. Cerca había un pueblo que parecía deshabitado. Los fugitivos éramos tú y yo, dos guerreros que venían huidos cada uno de una derrota distinta. Los dos se creían que habían muerto en una batalla lejana. Después de andar perdidos en la niebla durante tres jornadas de camino hallaron un lugar propicio para encender una hoguera y comenzaron a hablar al resplandor de las llamas.

—¿Cómo eran esos guerreros? —preguntó Ana.

—Uno era una mujer joven, fuerte y rubia, de corazón noble, que había arriesgado mucho en el amor y en las causas perdidas. De toda su lucha contra la desesperación le habían quedado unas marcas en el cuello y la cicatriz del mordisco que le dio un lobo a la luz de la luna. En medio de la desdicha humana creyó que era un privilegio haber sido poseída por el amor del dragón y ese acto de placer lo consideró una aportación suya a la felicidad universal.

David quedó en silencio y al fondo del valle sonaron ladridos de perros. Por la carretera que atravesaba el valle los coches llevaban ya las luces encendidas. David continuó hablando con los ojos cerrados después de prender un cigarrillo.

—El otro fugitivo era mucho más viejo. Cuando comenzó a contar su propia derrota también cerró los ojos como yo. Este fugitivo no había estado en ninguna guerra. Nunca había arriesgado nada. Ni en el amor ni en la política. Frente a la injusticia había callado. Había presenciado matanzas de inocentes y no había protestado. Jamás se había comprometido en una causa que alterara la rutina de sus días. La locura le había tentado algunas veces y siempre había renunciado a ella por carecer de coraje para ser feliz. Aquel fugitivo no pudo controlar su emoción y en seguida brillaron sus lágrimas al resplandor del fuego.

—¿También tú estás llorando? —preguntó Ana.

—He sido un conformista. Por eso las llamas iluminan ahora mi derrota.

—¿Y cuál es el final de esta historia? —preguntó Ana.

—Tal vez ninguno de los dos fugitivos tenía ya salvación —continuó hablando David con los ojos de muerto—. Pero los dos se sentían unidos por la misma niebla. Después de un largo silencio terminó la noche, dejaron de ladrar los perros y de las chimeneas del pueblo abandonado comenzó a salir humo con sabor a encina. La vida continuaba. Los fugitivos, aunque se sentían muertos, percibieron en los párpados cerrados la luz rosada que el amanecer dibujaba en la niebla en el fondo del valle. Entonces el viejo le dijo a la mujer rubia: sólo esa luz de oro puede salvarnos.

... cuánto tiempo fuiste dos, querías y no querías, qué vaivén entre las garras del lobo y mis brazos...

A finales de otoño el quinteto Bucarest participó en el ciclo de música de cámara organizado por el Círculo de Bellas Artes y la noche anterior al concierto Ana había tenido una pesadilla. La mano del pianista la tenía sujeta por la base de la garganta y en el sueño estaban doblados como animales formando un apareamiento obsceno. Bogdan le tiraba del cuello hacia atrás mientras la domaba a su ritmo sin dejarla respirar ni expresar excitación. Ana notaba la presión de una garra en la tráquea, que estaba a punto de partirse. Le oía aullar. En ese instante se despertó sobresaltada. Se incorporó en la cama violentamente y sin aliento se llevó la mano al cuello. A su lado, Bogdan, muy solícito, acariciándole la espalda, le dijo: «Tranquila, ha sido una pesadilla. Anda, vuélvete a dormir». Ana se sentía anestesiada, pero no quiso tumbarse en la parte de la cama más próxima a la pared. La pesadilla había tenido lugar allí, junto al cabezal esquinado. Bogdan encendió la luz. Le acercó un vaso de agua y le acarició la frente como si quisiera medirle la fiebre. «No ha sido más que una pesadilla.» Ana se sentía la boca pastosa y tenía las articulaciones de la mandíbula agarrotadas y, al no poder tragar, parte del agua le mojó el pecho. «Ha sido una pesadilla», se dijo ella también a sí misma para tranquilizarse. Cuando se giró de medio lado para volver a dormirse pudo ver las cuatro incisiones profundas de un arañazo en la pared. En dos de ellas la cal estaba impregnada de rojo. Se miró los dedos instintivamente y descubrió que en el índice y el corazón toda la cutícula que bordeaba la uña estaba envuelta en un anillo de sangre muy negra. Al apagar la luz Ana se ovilló en un extremo de la cama con las rodillas flexionadas en posición fetal, como hacía de niña cuando sentía miedo, sin moverse, sin hacer ruido, notando el sudor frío que le bajaba por la frente y le salaba los labios. Bogdan le acarició de nuevo el cuello, la espalda, la cadera delicadamente, como si estuviera pasando la mano por encima de un animal muy asustado y Ana, en medio del terror, comenzó a excitarse sexualmente. Entonces ella lo buscó y durante el violentísimo orgasmo al que Ana fue sometida después de la pesadilla, Bogdan emitió gruñidos con palabras inconexas y desoladas que la llenaron de más terror, pero esta sensación angustiosa al final se había fundido con todos sus sentidos e hizo que el éxtasis llegara a lo más profundo. Después, ya no se atrevió a preguntarle qué significado tenían aquellas terribles expresiones guturales pronunciadas a medias en castellano y en rumano que se referían a la muerte de Katia. Dejó que la sombra de la duda se fuera disolviendo. Ana en ningún momento creyó que ese placer la convertía en una víctima. Sólo pensó que se estaba volviendo loca. Permaneció despierta el resto de la noche, empapada en un calor afiebrado y húmedo, con la mirada de Bogdan clavada en la nuca. De madrugada, Ana notó que había mojado las sábanas sin darse cuenta. No le había ocurrido desde que tenía cinco años. A su lado Bogdan dormía emitiendo un sonido constante que nunca antes había oído. No era una respiración humana normal. Más bien parecía el jadeo silbante de un animal en su cueva.

Ana estaba de nuevo bajo el poder de Bogdan y su angustia había llegado a extremos alarmantes. Durante unas semanas tormentosas había ido de los brazos de David a los del pianista sin fuerzas para deshacer ese nudo que cada vez se constreñía más alrededor de su garganta. Ningún placer está exento de mal. Y hasta la más excelsa voluptuosidad se llena a veces con quejidos de muerte.

En el escenario había cuatro atriles y un piano de cola. Mientras el público iba llenando el teatro, David, sentado en la tercera fila entre dos butacas vacías, leía unos versos de Salinas.

¡Cuánto tiempo fuiste dos!
Querías y no querías.
¡Qué vaivén entre una y otra!
A los espejos del mundo,
al silencio, a los azares
preguntabas
cuál sería la mejor.
Inconstante de ti misma
siempre te estabas matando
tu mismo sí con tu no...

Los músicos aparecieron por el pasillo central. Ana entró seguida por Bogdan Vasile y los otros miembros del quinteto. Desde el escenario Ana le hizo a David un mohín con los labios, que fue correspondido con una sonrisa también secreta. Estaba más hermosa que nunca con los pantalones vaqueros, el jersey rojo de cuello alto, las zapatillas deportivas, la boca carnosa con un carmín muy vivo entre aquellos pómulos dorados y el pelo de maíz, pero su rostro expresaba una angustia que no lograba disimular. Nunca había visto a Ana con una expresión de desamparo tan evidente. Por otra parte era la segunda vez que David se encontraba con Bogdan, sólo que en esta ocasión ya lo consideraba su enemigo. En el concierto de la Residencia apenas le había llamado la atención. Lo recordaba menos alto, menos fuerte. Mientras los músicos desembarazaban los instrumentos y preparaban las partituras comenzó a analizar cada uno de sus movimientos junto al piano. Imaginó que bajo una rudeza aparente se ocultaba un alma sensible, muy primitiva, con una mezcla de pureza y salvajismo que lo hacía muy atractivo para una mujer con un sentido agónico de la vida. Pensó que sería imposible vencerle. Su enemigo tenía más armas. Sobre todo tenía unas manos poderosas que podían interpretar un nocturno de Chopin sobre el cuello de Ana en la oscuridad. David se sintió sumamente débil, viejo, vencido de antemano frente a aquel rumano elástico, de ojos profundos. ¿Cómo era posible que Ana Bron, una joven tan atractiva, cuyo erotismo se le escapaba por cada poro de su cuerpo, le prefiriera a él, un tipo sin nada que ofrecerle que no fueran cuatro historias y los huesos quebrantados? No comprendía el corazón de las mujeres, pese a haber pasado por tantos cuerpos sucesivos. Tal vez esta incapacidad se debía a que no había amado verdaderamente a ninguna. Esa era su única derrota y ahora se debatía entre la falta de coraje y la necesidad de ser libre y feliz uniendo su destino al de Ana como la última oportunidad que le deparaba la fortuna para llegar a la muerte sin despreciarse.

Mientras los músicos ponían a punto los instrumentos David recordó la conversación que había tenido con Ana esa misma mañana. Le había llamado por teléfono muy angustiada para contarle la pesadilla. También le dijo que

Katia había desaparecido. Hacía tres días que nadie sabía de ella. Bogdan era un artista de corazón salvaje, con tanto talento para la música como pasión por la carne espléndida de Ana, cuya sangre necesitaba para calmar su espíritu. El único abismo que se interponía entre ellos era Katia, aquella rumana que seguía a su hombre con una fidelidad ciega y desvalida, pero Bogdan estaba dispuesto a bajar a cualquier infierno con tal de no perder a su amante. Bogdan le había dicho que ya no había ningún obstáculo para que fuera a vivir con él, pero se negó a contestar a ninguna pregunta. Guardaba un silencio muy inquietante.

En ese momento comenzó a sonar el *Cello Concerto in re menor,* de Elgar, en una versión para quinteto de cuerda y piano. Ana extraía del arco lo más patético de su memoria y lo hacía mirando a David, sentado en la tercera fila, quien asumía aquella melodía del violonchelo como una bebida muy dulce que le llegaba hasta el fondo de la sangre. Las manos de Bogdan volaban sobre el teclado. La música sumamente triste llevó a David muy lejos porque parecía que su amante le estaba hablando de una despedida. Imaginó que esa melodía era la que hizo sonar el cortejo una noche en Alejandría, la misma que Marco Antonio había oído como un sueño que se alejaba con todo el goce de los sentidos, que también se perdía. Recordaba los días que pasó en el hotel Metropol de esa ciudad, con los tranvías sonando de noche a lo largo de la cornisa de la bahía. En esa época aún era joven, iba vestido con un traje de lino crudo y tenía toda la vida por delante para equivocarse. Entonces podía desafiar a cualquiera que le disputara el corazón de una mujer y no porque le importara mucho ser vencido, sino porque siempre habría otra que lo amara. En el vestíbulo del hotel había unos nubios muy altos con chilaba blanquísima y turbantes rojos, acompañados de chicas panteras que traían maletas con etiquetas de lugares fascinantes. ¿Cómo no habría conocido entonces a Ana Bron, cuando sólo era una adolescente de piernas largas que estaba en poder del lobo? Recreaba aquella Alejandría de otros tiempos llena de mercaderes, carruajes, mujeres divinas con pamelas, viajeros misteriosos, contrabandistas, seres de cualquier parte del mundo unidos por la misma huida, por el mismo desengaño o ambición. La libertad no se conquista con una acción heroica. Es una práctica diaria de pequeños actos libres que son el soporte del derecho a los placeres de cada día. Mientras sonaban patéticamente el piano y el violonchelo compenetrados en el sacrificio del amor, David se reconstruía a sí mismo sentado en un café de la cornisa de Alejandría como un hombre libre junto a Ana Bron, leyendo el periódico a la espera de un barco que estaba a punto de llegar trayendo de otros lugares mercancías exóticas y noticias verídicas que no se distinguían de las fábulas. Al pie de esa nave los marineros desembarcados contarían sucesos acaecidos en otros mares y en ellos se mezclarían relatos de degüellos, de incendios de ciudades y de alfombras mágicas. ¿Por qué le faltaba coraje para tomar de la cintura a su amante, llevarla al aeropuerto, sacar dos billetes de avión sin responder a ninguna pregunta del destino? ¿Qué le impedía rescatar a Ana del poder del lobo y fugarse con ella a Alejandría, pero no sólo en sueños? Tal vez allí, al lado de esta mujer hermosa, él podría acabar siendo un viejo dorado, melancólico y feliz, con la fortaleza suficiente para despedir con elegancia el cortejo que también oyó Marco Antonio. Esperaría el barco que lo llevara al otro mundo y al pie de la escala en el muelle Ana lo despediría con el pañuelo llorando. Para vencer al hombre lobo y sustituir su semen por una historia de amor literario era necesario que ella lo deseara profundamente, pero David comenzó a considerar que su peor enemigo seguía siendo él mismo.

Cuando el quinteto inició el segundo adagio se produjo un hecho aparentemente normal que tuvo repercusión entre los músicos. Una mujer, que había llegado tarde, avanzó por el pasillo central buscando acomodo en las primeras filas del patio de butacas. Lo encontró en un asiento al lado de David. Era una mujer morena de mediana edad, de ojos negros y rostro afilado, con el pelo mal teñido de un rubio oxigenado en una peluquería barata. La presencia de esta mujer, que se había sentado con una delicadeza casi felina, hizo que el violonchelo de Ana enmudeciera un instante y que también el pianista errara un acorde que desconcertó al contrabajo y a los violines. Fueron sólo unos segundos de turbación porque en seguida el quinteto recuperó los compases y siguió sonando normalmente, pero David vio que la aparición de aquella mujer había provocado en el rostro de Ana una expresión de alegría, como si se hubiera liberado de una terrible carga. Ana se volvió hacia Bogdan para mandarle una sonrisa placentera y él volcó las manos furiosamente contra el teclado.

David percibió en seguida que aquella pasión entre los músicos se debía a la mujer recién llegada. De hecho, en lo que duró el concierto, Ana no hizo más que mirarla una y otra vez como si quisiera cerciorarse de que realmente era Katia y que seguía estando viva, aunque ahora fuera teñida de rubia fosforescente. Aquella mujer abandonó la sala cuando aún estaba sonando la música. Mientras se alejaba por el pasillo lateral los ojos de Bogdan y de Ana la siguieron hasta que desapareció detrás de las pesadas cortinas.

Después del concierto, David entró en la cafetería del Círculo de Bellas Artes y pidió una cerveza en la barra. Al poco rato aparecieron los músicos. El pianista buscó con los ojos a su mujer en alguna de las mesas, pero Katia había desaparecido. Ana se acercó a hablar con David.

—Ya es hora de que os conozcáis, ¿no te parece? —le dijo.

—¿Crees que es necesario?

—Te presentaré como un viejo amigo. Nada más. Un amigo de la familia —le dijo con una sonrisa maliciosa.

Ana llevó a David del brazo hasta la mesa donde Bogdan se había sentado. Éste, al verlos llegar, ensombreció el rostro y con una mirada altiva fue analizando a David mientras se acercaba.

—Siento mucha emoción al estrechar la mano de un gran artista —le dijo el profesor.

—Gracias —contestó Bogdan escuetamente.

El pianista estaba seguro de que Ana tenía un nuevo amante y creía que se llamaba Martín, puesto que su nombre le había aflorado en medio de algunos éxtasis muy feroces. Ese tipo se había convertido en una obsesión. También para David. Al final, Ana había optado por no negar la existencia de aquel misterioso ser que se interponía entre sus dos amantes, pero ella era la primera en desconocer su identidad real.

—¿Es usted Martín? —le preguntó Bogdan.

—Me llamo David.

—Es profesor de Literatura —añadió Ana.

—¿Seguro? —preguntó Bogdan con media sonrisa.

—¿Acaso tengo cara de no serlo? Ya me gustaría a mí ser tan artista como usted.

Pidieron unas consumiciones y, pese a que el nombre de Martín había quedado sobre la mesa, al principio no hubo ninguna tensión entre ellos. Ana comentó con Bogdan la sorpresa que había tenido al ver a Katia.

—Como ves se ha teñido de rubia para parecerse a ti. Sólo por eso debería haberla matado —dijo el pianista con ironía.

—Lo siento —murmuró Ana.

—Es su última baza.

A David le quedaba todavía en el pulso la sensación de haber dado la mano a un enemigo que tenía algo de ángel fiero, muy seductor. Comenzó a hacerle algunas preguntas buscando que el hombre saliera un poco de su hermetismo y le contara algunas cosas de su vida. Las primeras respuestas fueron evasivas y educadas. Luego, forzado por la sonrisa de Ana, el pianista se fue explayando y habló en un castellano balbuciente pero bien estructurado. Cualquiera que observara por fuera a los tres, tan serenos e incluso sonrientes, no habría podido imaginar las pasiones turbulentas que había entre ellos.

David también se vio obligado a hablar de sí mismo. Empezó explicando las dificultades de su trabajo de investigación sobre una hipotética hija del poeta español García Lorca, que ahora vivía en Nueva York. La próxima semana daría sobre ese tema una charla en la Residencia de Estudiantes, a la que estaban invitados. Luego comentó que era un profesor en año sabático, un hombre divorciado a quien su mujer puso las maletas en la calle. Y cuando insistía en contar todas sus derrotas, el camarero llegó a la mesa con un oporto para Ana y unas cervezas para sus amantes sentados frente a frente.

Mientras bebían y hablaban de las cosas exentas de toda intención, los amantes de Ana no dejaban de mirarse mutuamente hasta el fondo de los ojos. A veces se producían entre ellos unos silencios cargados. Había ya cuatro botellas de cerveza sobre la mesa y Ana tenía mediada la segunda copa de oporto. De pronto Bogdan dijo:

—¿Puedo hacerle una pregunta directa?

—Por supuesto —contestó David.

—¿Qué diablos hace usted aquí? ¿Qué clase de relación tiene usted con Ana?

—Digamos que soy uno de sus muchos enamorados, entre los cuales hay artistas, animales mitológicos, lobos, dragones, quimeras y personas normales. Yo soy una de esas personas —dijo David.

—¿Habla usted en serio?

—Claro, claro. No lo he podido evitar.

—¡No lo ha podido evitar! ¿Y qué piensa que puedo hacer? —levantó la voz el rumano.

—Bogdan, respeto mucho su amor, pero yo también estoy enamorado de Ana —dijo David, de forma irreflexiva, con un aliento que le salía del lado más arrojado del corazón.

—Está usted bromeando —exclamó el pianista.

—Yo no juego con estas cosas. A mi edad ya no se puede ser frívolo —dijo David con una mirada helada para darse ánimo.

—Es usted un hombre mayor y parece educado. Muy bien. ¿Qué está usted dispuesto a hacer por esta mujer? —preguntó Bogdan muy serio.

—Cualquier cosa —contestó David sin dudar, bajando la voz.

—Por mi parte estoy dispuesto a matar. ¿Sería usted capaz de hacer lo mismo? Si usted la ama de veras tendrá que hacer un sacrificio. Estas cosas en mi país no se resuelven sin sangre.

—No le hagas caso, David. No habla en serio —dijo Ana.

—Yo no lo tomaría a broma —exclamó Bogdan con frialdad.

—Como provocación, no está mal. La verdad es que la sangre no me gusta. Es demasiado vulgar —admitió David encogiendo los hombros.

—Los hombres son hombres —murmuró Bogdan mirándole a los ojos.

Una vez más David había comenzado a dudar de sí mismo. Consideró que no tendría fuerzas para arriesgar tanto por un amor. Ana estaba pendiente de este desafío, aunque de momento sólo era un poco literario, y con la mirada desvalida trataba de decirle a David que tuviera coraje y que apostara por ella con todas las consecuencias, aunque sólo fuera con una dialéctica dura, pero el profesor, una vez más, trató de salir de aquella situación formulando una teoría sobre el amor para que su angustia se diluyera en palabras.

—Mire usted, Bogdan —dijo David, investido con un ademán de profesor experimentado—. En el amor participa a la vez un sentimiento de dominio y otro de sumisión animal, de libertad y de fatalidad humana. En la pasión amorosa siempre hay un amo y un vasallo, tanto en la selva como en los castillos de la Edad Media donde se inició el amor cortés. Y éste es el caso. Nosotros estamos en una civilizada cafetería del Círculo de Bellas Artes, en Madrid, y aquí ambos podemos escoger frente a Ana entre el comportamiento de ciertos machos del reino animal o el de los caballeros galantes del medioevo. ¿Qué prefiere usted?

Al bajar el brazo para reforzar sus palabras David derribó algunas copas. El vino de oporto se derramó sobre el regazo de Ana y, viendo aquel licor que parecía sangre, el rostro de Bogdan adquirió de repente una palidez de cera. Aunque todo se debía a un exceso de gesticulación el sonido de cristales en el suelo y los vaqueros de Ana manchados crearon también un violento relámpago entre ellos, puesto que el pianista pensó que David había tirado las copas a propósito, como un reto para demostrar su carácter. De hecho, sin poder contener los nervios, Bogdan atrajo a Ana hacia sí y apartó con el brazo de forma muy agria a David cuando éste trató de acercarle una servilleta para que se limpiara. Fue el rumano quien asumió por entero la propiedad de Ana y mientras le secaba con un pañuelo la sangre de oporto derramada en su regazo le aplicó los labios en el cuello y comenzó a besarle las marcas de unas garras ante la mirada estupefacta de David y los ojos resignados de ella.

—Lárguese —gritó Bogdan.

—No me voy —dijo David.

—Le digo que se largue. Esto es cosa nuestra.

—No.

—Lárguese o le mato aquí mismo.

Bogdan se puso en pie. Agarró una botella de cerveza que estaba mediada y la estalló con desprecio en el suelo a los pies del profesor y luego mandó a Ana que permaneciera sentada. Sin poder oponerse a sus deseos ella obedeció sorprendida al ver que David abandonaba la cafetería deprisa, sin volver la cabeza, y la dejaba sola rodeada de vidrios rotos en poder de su enemigo. Que la muerte no se entere de que he muerto, pensó David mientras se alejaba. Una deserción más. Una nueva erosión en su alma.

David salió a la calle y comenzó a caminar sin rumbo fijo. Durante ese laberinto lleno de desolación volvió a recordar a su mujer. Llevaba seis meses fuera de casa viviendo en la Residencia desde aquel día en que Gloria le puso las maletas en la calle. Entró en un bar. Pidió un whisky. Frente a la soledad del alcohol le vino a la mente de nuevo una imagen de Alejandría, pero esta vez no estaba cargada de deseos de navegar hacia ella. Algunos marineros le habían contado otras historias. Llevado por la corriente natural del Mediterráneo, cada otoño llega hasta el fondo de saco de aquel golfo todo lo que los dioses defecan durante el verano en el mar. Las aguas azules de Alejandría se llenan de plásticos, cáscaras de melón, huesos de pollos, envases de helados, preservativos, tripas de cerdo y hamburguesas petrificadas por el salitre, y los navegantes desde la borda de los barcos mercantes ven esta cosecha putrefacta a la deriva rompiéndose contra la cornisa de Alejandría. Y éste era un rito del otoño de la vida cuya pasión nunca cantaría Homero. Que la muerte no se entere de que estoy muerto, repitió David sin palabras hacia dentro de su corazón, porque él se consideraba uno de esos desechos.

... la sangre es el alma de la carne. El cuerpo sucesivo, multiplicado de David, abierto con una quilla de acero, iba hacia un nuevo horizonte, con su alma en poder de Ana...

David había perdido el contacto con Ana. Cuando después de varios días de silencio angustioso decidió llamarla, su teléfono comunicaba o sonaba sin respuesta hasta que saltaba la línea y eso le producía una sensación de absoluta lejanía. Su mente se había llenado de imágenes muy negras. Imaginaba a Ana en poder del lobo y la veía entre sus garras, a veces feliz, a veces llena de espanto. A pesar de todo presentía que ella esperaba de él un acto de fortaleza, pero una noche volvió a marcar su número y al oír que respondía la voz seca de un hombre, que era la de Bogdan, David colgó y humillado por esta indecisión se refugió de nuevo en una burbuja de odio y autocompasión, de la que no sabía salir.

Al cabo de una semana comenzó a sublimar la ausencia de Ana con la melancolía. Volvió a los bares y cines que frecuentaban, a las esquinas que fueron el punto de sus citas; recorría cada tarde las mismas calles por donde solía pasear con ella y en el río de la gente en las aceras, en el metro o en el autobús, a veces veía a una chica rubia de espaldas y siempre creía que era Ana. Cada ciudad contiene un plano secreto que levantan los amantes con todos los pasos que han recorrido en la niebla de otoño o bajo las acacias en primavera; también está trazado en los cristales empañados de los cafés en invierno o en las señales que ellos han fijado con las rodillas en las praderas de los parques cuando se amaron en verano. Sus besos oscuros permanecen sin sus labios en algunos cines. La ciudad le parecía deshabitada, pero impregnada de amor. David decidió esperar a Ana frente a su casa y durante varias tardes permaneció de pie en una esquina de la plazoleta vigilando. Por fin al anochecer del tercer día los vio salir juntos por el portal. Bogdan llevaba a la chica apretada contra el cuerpo con el brazo sobre su hombro. No pudo adivinar si iba sometida o feliz.

Incluso una vez se atrevió a subir hasta el rellano de su piso sólo para olfatearla como un perro por las rendijas de la puerta. La finca no tenía ascensor. El corazón le daba cinco latidos por cada peldaño y cuando llegó a la tercera planta, mientras recobraba el aliento, se sorprendió al oír que desde el fondo de la casa salía una música conocida. Dentro sonaba *La muerte y la doncella,* de Schubert, la misma pieza que en el concierto de la Residencia hizo que Ana derramara algunas lágrimas, entre las cuales hubo una que parecía de sangre. No se atrevió a pulsar el timbre. Ana tal vez estaba ahora en la cama ofreciéndole al lobo unos gemidos de placer sepultados en la música. O tal vez el hombre lobo se la había llevado a una madriguera del bosque y en aquel aposento sólo quedaba el violonchelo tocado por su espectro. Después de permanecer un tiempo con la frente apoyada en la puerta decidió volver sobre sus pasos con el ánimo suspendido y la música de Schubert le acompañó hasta el portal y ya no le abandonó a lo largo de toda la noche.

Entre los asiduos a la Residencia de Estudiantes creó mucha expectación la conferencia que iba a dar el catedrático de Historia de la Literatura, David Soria, sobre la hija de García Lorca, un tema que parecía escandaloso porque el título no obedecía a una metáfora surrealista, sino a una hija real que el poeta había tenido en La Habana y que ahora vivía exilada en Nueva York, según la investigación que al profesor Soria le había llevado dos años de trabajo. Aunque el conferenciante no era conocido fuera del ámbito académico, el anuncio venía destacado en la agenda cultural del día en varios periódicos.

No se encontraba bien. Perturbado por la ausencia de Ana, David apenas había dormido aquella noche. Mientras se dirigía a la tarima buscó a Ana entre el público y, una vez sentado detrás de la mesa, volvió a pasear los ojos sobre todas las cabezas, como última instancia, pero no había ninguna mujer que fuera rubia. En cambio, se sorprendió al ver a Gloria con una amiga, sentadas en la cuarta fila. Se sentía un poco mareado. De un tiempo a esta parte a veces se le nublaba la vista, cosa que atribuía a las gafas nuevas mal graduadas que habían sustituido a las que perdió un día no lejano cuando había salvado a su amada de ser arrastrada por la furiosa corriente de un río. Le confortó pensar en aquel acto de valor mientras limpiaba con un pañuelo sus cristales humedecidos con el vaho del aliento. Luego sacó los folios de la carpeta, los extendió bajo el flexo, comprobó que funcionaba el micrófono y, después de agradecer las palabras del presentador, la hospitalidad del director de la Residencia y la asistencia del público, comenzó a leer:

—Señoras y señores:
»Una tarde tórrida de final de agosto de 1936 la radio RHC-Cadena Azul de La Habana interrumpió el bolero de Bola de Nieve, *Si me pudieras querer como te estoy queriendo yo*. Lo cantaba Rita Montaner mientras una joven trigueña de veintisiete años, llamada Inés María Oyarzábal, dormitaba en un balancín de mimbre bajo el ventilador en una mansión de El Vedado, con la luz tamizada por unos vitrales. La radio interrumpió bruscamente el programa de música para dar la noticia de que el poeta español

García Lorca había sido asesinado en Granada. Aquella mujer, amiga de los Loynaz, y heredera de una importante familia de azucareros, pensó que lo había oído en sueños, pero la radio repitió varias veces el comunicado. Federico García Lorca había sido fusilado al amanecer por los fascistas en la guerra civil que sucedía en España.

»Inés María se levantó para avisar a la mulata Celeste, que en la planta de arriba estaba poniéndole lazos de fiesta a Georgina, una niña de cinco años, que era el fruto de una noche de loco amor con el poeta. Inés María sintió un vahído al incorporarse. Antes de caer desvanecida acertó a sentarse de nuevo y así permaneció un tiempo sin llorar con la mirada perdida. De pronto le brotaron las primeras lágrimas y luego tuvo que taparse la boca con un pañuelo de encaje para evitar los gemidos ante la imagen del poeta que estaba sobre el aparador. Dentro de aquel marco de plata Federico tenía a Inés María cogida por el talle, los dos riendo con una carcajada muy abierta en una fotografía nocturna que les tomó el hermano de Dulce Loynaz en una verbena, en la playa de Mindanao, el 18 de mayo de 1930, una noche de mucho ron antes de que se amaran en una posada casi por una apuesta. "¿Quién va a creerme ahora?", fue lo primero que pensó Inés María mientras la radio seguía dando cada cinco minutos la noticia del crimen de Granada. Quiso buscar la gaveta donde guardaba las cartas, atadas con una cinta roja, incluida aquella en la que Federico reconocía a su hija Georgina, pero al incorporarse del balancín Inés María cayó desmayada al suelo.

El público que llenaba la sala asistió en ese momento a un hecho insólito. El catedrático David Soria, que había comenzado a sentir un sudor frío, se quitó las gafas e interrumpió bruscamente la lectura en este punto; se aflojó el nudo de la corbata; se desabrochó el cuello de la camisa; se pasó el pañuelo por la frente e iba a tomar un poco de agua cuando dobló el tronco sobre la mesa derribando el flexo y el vaso. No se trataba de una representación dramática de la lectura. La protagonista del relato se había desvanecido en su mansión de El Vedado al oír que el padre de Georgina había sido asesinado, pero la lipotimia del profesor David Soria se debía al agotamiento espiritual producido por la pérdida de su amante. La conferencia fue interrumpida y el público se comportó con la esmerada educación que es norma de la casa. Se atendió al profesor con gran solicitud, aunque eso no impidió que al día siguiente un periódico diera la noticia junto con su foto apenas repuesto del percance, acompañada con unas preguntas que le hizo el periodista. David se limitó a contestar que era un hombre sin suerte.

Gloria y su amiga se acercaron a interesarse por él a la cafetería donde David tomaba una infusión de manzanilla en compañía del director de la Residencia y otros amigos. Gloria sólo le dijo:

—Nos has dado un susto. ¿Estás bien?

—Sí, estoy bien —contestó David sin mirarla a los ojos.

—Tienes mal aspecto —insistió ella—. Sabe Dios la clase de vida que estarás haciendo.

David se fijó en el aspecto de su mujer, que no era precisamente saludable. No dijo nada, pero se sintió responsable de su palidez y del rictus de amargura que deformaba la comisura de sus labios. Soy un canalla, pensó, y esa fue la frase más amable que en ese momento consiguió dedicarse a sí mismo.

—¿Por qué no vuelves a casa? —le pidió ella con un hilo de voz—. En casa están tus libros. Aún te queda ropa y varios pares de zapatos. Y yo sigo haciendo los canelones con bechamel que tanto te gustaban. Bueno, adiós, cuídate.

Tuvo que aceptar una vez más que no conocía el corazón de las mujeres. Le sorprendió que Gloria no le odiara. Nunca se había sentido tan perdido y, aunque su autoestima estaba alcanzando la cota más baja, aún tuvo fuerza para despedirse de su mujer con cierta elegancia elusiva. También el silencio de Ana le humillaba. Pero al día siguiente en la Residencia de Estudiantes un mensajero le entregó una carta sin remite que decía:

«Te he visto en el periódico. ¿Qué te ha pasado? Espero que estés bien. Has sido un amante generoso, eres un hombre bueno, inteligente y divertido, pero no eres un hombre valiente. Te deseo suerte. Un beso. Ana.»

El teléfono seguía descolgado. Esa misma tarde David volvió a vigilar la casa de Ana y su imagen era la de un ser ensombrecido, que expresaba en los ojos una gran turbulencia interior. Había comenzado a lloviznar. La gente que pasaba por su lado miraba sorprendida a aquel hombre mayor tan abatido, rodeado de unos niños que jugaban al fútbol en la plazoleta. Un mendigo en una esquina tocaba al acordeón una canción dolorida, pero poco después arreció la lluvia y los chicos se fueron con la pelota dejando aquel espacio sin gritos. Sólo quedaron dos: el músico callejero, que seguía tocando una melodía melancólica guarecido bajo la marquesina de una pasamanería, y David, de pie en la otra esquina, bajo el agua que le iba calando sin darse cuenta. Ya caía la última luz del día, poco antes de que se encendieran los anuncios, cuando vio que Bogdan salía por el portal con las solapas del chaquetón de cuero levantadas y con las manos en los bolsillos. David se volvió de espaldas simulando mirar un escaparate y no supo si el pianista le había visto, aunque sintió que pasaba muy cerca silbando.

Sin duda, Ana estaba sola en casa. David respiró hondo para hacerse fuerte. Pensó que esa tarde casi de invierno, bajo la lluvia y el sonido del acordeón, era la última de su vida, y entonces tomó la decisión de no morir más mientras siguiera vivo. Recordó aquellos días de su juventud, cuando algunas mujeres le hicieron sentirse inmortal y en ese punto apoyó su espíritu para lanzarse. Cargado con toda la memoria de sí mismo subió a la guarida del lobo y pulsó el timbre con fuerza. No oyó los pasos esta vez. Se iluminó la mirilla, se descorrió el cerrojo y lo primero que le sorprendió al entreabrirse la puerta fue ver a Ana sin los labios pintados. Notó en seguida que no le había gustado que la sorprendiera tan desaliñada. Iba descalza con unos vaqueros muy desgastados y la camiseta desgarrada por el hombro. La sombra morada de las ojeras, los párpados un poco hinchados, una cicatriz aún tierna en el borde de la ceja le daban a Ana una belleza desarmada que David percibió con un estremecimiento parecido a la premonición.

—Mejor que no entres —le dijo Ana con un pie en la puerta ofreciendo resistencia—. Estaba a punto de salir.

—¿Adónde vas a ir?

Ana bajó la cabeza sin contestar y con una incierta resignación se hizo a un lado. David aprovechó la tregua del silencio para traspasar el umbral. Se quedó allí de pie, sin saber muy bien qué hacer, mirando el desorden que lo rodeaba. En la mesa quedaban platos con restos de comida y varias botellas vacías, una de las sillas estaba derribada y sobre el sofá había un sujetador negro olvidado después de la refriega. Toda la sala estaba impregnada por el aura que emanaba de aquella fotografía en la que se veía a un hombre de espaldas caminando por una calle desierta de Bucarest. Qué pozo tan profundo hay aquí, pensó, cuánto amor se necesita para matarse.

Cuando la indecisión lo inmovilizaba, como en este caso, David creía que el mundo también se paralizaba, pero ahora sentía la condena de todas las cosas que habían ocurrido en aquel piso cerrado, durante los días en que él no se atrevió a dar ningún paso ni a asumir ningún riesgo más allá de las simples palabras.

—¿Qué nos ha pasado? —se preguntó mirando a Ana con un gesto desvalido.

—No sé —murmuró ella.

Luego hizo el gesto de acariciarle el óvalo de la cara y se detuvo unos segundos con la yema de los dedos en la cicatriz aún palpitante en forma de media luna que Ana tenía en el extremo de la ceja izquierda.

—Por el amor de Dios, Ana —añadió con un tono de voz que él mismo desconocía.

Si fuera capaz de ser el que deseaba ser, un hombre de corazón aguerrido, David hubiera cogido a la chica y la hubiera llevado, aunque fuera a rastras, a ese lugar del mundo donde terminan las fieras y empiezan los ángeles, pero lo único que consiguió fue abrazarla tímidamente y pronunciar una frase tierna de culpabilidad en su oído.

—No, David. Por favor, no empecemos de nuevo —dijo ella desprendiéndose de sus brazos.

—Déjame ayudarte —insistió él con un ofrecimiento de auxilio que parecía pedir para sí mismo.

—Es un poco tarde, ¿no crees? Además, para ayudar a alguien no hay que pedir permiso. Las cosas se hacen o no se hacen. No hay que sopesar razones ni barajar ventajas e inconvenientes.

—No seas injusta, Ana. Sabes que mi situación no es fácil, que mi mujer...

Ana no le dejó acabar la frase.

—Lo mejor que podrías hacer por tu mujer —le dijo— es dejar de tratarla de una vez como una minusválida emocional, dejar de utilizarla como un arma contra ti mismo, dejar de culpabilizarla por todas las vidas que has dejado de vivir y empezar a tratarla como un ser humano con el que se puede hablar. Lo peor que se puede hacer con una mujer, David, es desarmarla de su orgullo. Y eso precisamente es lo que tú has hecho con todas. Yo no quiero ser una más, como aquella niña, que abandonaste en un cuarto trastero, ni como esa pobre actriz que asesinaron sin que le mandaras siquiera unas flores, ni como aquella alemana lánguida que dejó para ti un mensaje en la cámara secreta de la gran pirámide. ¿O fue en el Libro de los Muertos? Puedo estar desesperada, y lo estoy, puedo sentirme acorralada y dudar hasta de mi sombra, pero ni tú ni Bogdan ni nadie va a hacerme perder el orgullo. ¿Lo entiendes? Me voy de aquí —exclamó señalando la bolsa de cuero apoyada contra la pared.

—¿Adónde vas?

—No voy a decírtelo.

—Pero al menos podremos tomarnos una copa de despedida, ¿no? Creo que los dos nos la merecemos —suplicó David.

—Está bien. La última copa.

Ana se metió en el cuarto de baño y David se quedó esperándola en el sofá. Tomó el sujetador negro abandonado allí de cualquier manera, se lo acercó a la cara y al respirar profundamente el aroma tibio del pecho sintió un nudo en la garganta y varios latidos se agolparon en uno solo. El violonchelo, lleno de polvo, estaba apoyado en la pared, al pie de la ventana que daba a la plazoleta por donde ahora entraba una luz muy lívida que iluminaba el aire sudado. Entonces Ana salió del baño recién maquillada y sus labios pintados de rojo traían esta vez una sonrisa muy triste.

—Ven —le dijo David.

—¿Qué quieres tomar?

—Dame un whisky y siéntate a mi lado.

Descalza, con los vaqueros rotos, la ceja partida, pero espléndida a pesar de todo, Ana le sirvió la copa. Se acercó al equipo de música y en seguida comenzó a sonar levemente *La muerte y la doncella* de Schubert. David le tomó la mano y comenzó a bucear por dentro de sí mismo buscando desesperadamente los sentimientos, ideas y deseos necesarios para torcer su destino, pero no encontró nada que pudiera pronunciarse. Quedaron los dos en silencio. David comenzó a pensarse. Y en silencio se habló por dentro a sí mismo, como si Ana le escuchara.

—¿Quieres que viajemos juntos? No digas nada. Vamos a jugar como antes. Este sofá manchado de semen de otro amor es un navío en el que ahora navegamos los dos a la deriva con extrema dulzura bajo un sol tan suave como tu carne, Ana. No nos ve nadie. Ni siquiera aparece una gaviota en los cuatro horizontes azules. Las sensaciones que experimento nacen y mueren en tu piel, Ana. Ninguna gloria podrá equipararse a los atardeceres disueltos en polvo de oro cuando pongamos rumbo a Alejandría y ya de noche se encienda el firmamento, donde todavía hay una estrella que lleva el nombre de Ana Bron. En los días que dure la travesía cada amanecer nos besaremos para recibir al sol mientras la quilla divida las aguas de púrpura y nuestra música será el sonido de la brisa en las jarcias, de las olas en las amuras. Y cuando lleguemos a Alejandría los dos seguiremos navegando en tierra. Nuestra pasión adquirirá una forma perenne. Daremos paseos por los muelles de los puertos de pescadores, comeremos queso de cabra, guisos con laurel, aceitunas de Tesalónica y el zumo de granada llenará de nuevo tu corazón, Ana, y sustituirá para siempre a la sangre. Luego, sentados en una terraza a la sombra de las acacias, veremos pasar el tiempo en el rostro de la gente. Y cuando te haga una propuesta de suicidio, me seguirás. Pero en Alejandría podremos demorar aún nuestras vidas, porque quedan todavía muchos placeres por explorar, como aquel río desconocido que un día remontamos hasta su origen. No hay río más caudaloso que tu sexo.

Callados en la penumbra sin poder romper el muro con el que cada uno se protegía, como si se hubieran quedado sin derecho a hablar, parecían condenados a permanecer así para siempre, si uno de los dos no hacía algo pronto.

—Al menos somos reyes de nuestro silencio —dijo Ana en un intento de rebajar la tensión.

David la miró de pronto con una seriedad parecida a la locura, con el vaso apretado en la mano y las pupilas fijas. Fue entonces cuando Ana se inclinó para besarlo. Le separó los labios con la lengua, delicadamente, y él se agarró a su cuerpo con la avidez de un náufrago. Ahora no necesitaban ampararse en las palabras, sino que apuraban la respiración con furia, como si el aire comenzara a quemarse entre los dos, como si quisieran disolverse juntos, respirando el uno contra el otro, lamiéndose, mordiéndose, apretados en el abrazo, perdiendo pie, desfallecidos. David le separó el pelo de la cara y la tendió de espaldas sobre el sofá al tiempo que le desabrochaba los botones del pantalón buscando con la mano la humedad del pubis. Pero entonces Ana se incorporó con un gesto brusco de dolor y David pudo ver la herida todavía sangrante que le partía la ingle.

—Dios mío, Ana, ¿cómo has dejado que te hiciera esto? —exclamó espantado—. Vámonos de aquí, vámonos juntos, a donde sea, ahora, por favor. Hay pasiones más sencillas, Ana —le dijo tomándola por los hombros—, más puras. No es necesario arriesgar tanto. ¿No te das cuenta de dónde va a acabar esto?

—Sí, me doy cuenta, David, por eso es mejor que te vayas. Bogdan puede llegar de un momento a otro. Por favor, vete —Ana se puso en pie y lo empujó.

—No voy a dejarte aquí. Todavía tenemos muchas cosas pendientes —dijo David en un intento desesperado de inclinarla hacia su lado—. No hemos hecho el viaje que proyectamos a La Habana, ni te he enseñado las ruinas de Éfeso, de Pérgamo, de Epidauro, donde crecen higueras y granados en lo alto de las almenas, ni hemos visto juntos la nieve... Tengo muchas historias que contarte todavía.

—No lo hagas más difícil. Hay cosas que no puedes entender y otras que no se pueden remediar. Así que vete ahora que aún estás a tiempo —dijo Ana, esta vez con brusquedad.

—No pienso irme.

—Estás poniendo en peligro mi vida, David. Él no puede encontrarnos juntos aquí. Es más violento de lo que crees. Te prometo que cuando resuelva esto te llamaré. Pero ahora vete, por favor.

—Jura que me llamarás.

—Lo juro —dijo Ana con más urgencia que convicción.

—No te voy a olvidar nunca. Hasta que me muera lo veré todo con tus ojos. Cualquier paisaje será tu cuerpo. El amor que he sentido por ti será mi memoria —le dijo suavemente al oído.

—Ojalá —murmuró ella con una melancolía que estaba a punto de quebrarle la voz, aunque sus labios sonreían.

En el vestíbulo se abrazaron con fuerza. David la retuvo contra su pecho en silencio. Ana le acarició el pelo por última vez en el rellano con una ternura que ya no tenía retorno. David bajó a oscuras las escaleras. En el portal se detuvo. Por un momento pensó en subir de nuevo al aposento del lobo y rescatar violentamente a su amante, pero decidió una vez más ahogarse dentro de sí mismo. La plazoleta estaba iluminada por el reflejo de los anuncios mojados en el asfalto. Seguía cayendo una lluvia oblicua. El mendigo del acordeón también se había ido. Ana fue a la ventana para ver a David por última vez alejándose de su vida. Había tenido que hacer un esfuerzo sobrehumano para no romperse por dentro, queriendo y no queriendo, siendo dos, una negando a la otra, y ahora que se había despedido para siempre de una parte de su alma, la más tierna, la más necesitada, comenzó a sentir una extraña convulsión. ¿Por qué no le había dicho lo que tenía que decirle?

David cruzó la plazoleta desierta. Ana abrió la ventana y, mientras lo veía alejarse de espaldas, sintió que se le erizaba la piel. En aquel momento un farol proyectó a contraluz sobre el asfalto la sombra puntiaguda de un gran perro salvaje que trazaba sobre David un quiebro violento. Pero un segundo antes de que el miedo llevara la señal de peligro al cerebro de Ana, su cuerpo reaccionó con un instinto animal. Poseída por una fuerza misteriosa, sólo comparable a la que había experimentado en algunos orgasmos muy intensos, comenzó a gritar desde el borde de la muerte con un aullido que rompió el aire de la noche:

—¡Martín! ¡¡Martín!! ¡¡Nooo...!!

Ana tampoco supo esta vez por qué había pronunciado ese nombre y de qué parte de su alma había salido, pero al oír ese alarido David volvió el rostro hacia la ventana en el instante en que ya brillaban frente a él los ojos de Bogdan iluminados por una hoja de acero. También oyó su voz bronca: «A esa mujer no la mereces», le dijo. Un segundo después sintió en su cuerpo dos láminas de fuego, una le entró por el costado izquierdo y otra le segó la garganta. David cayó al suelo y siguió lloviendo sobre su sangre. Cuando Ana llegó aún tenía los ojos abiertos.

—Estás vivo, Martín, estás vivo, amor mío. Los dos estamos vivos —oyó que decía llorando sobre sus heridas, aunque su voz sonaba muy lejos.

Esa frase enigmática fue lo último que David escuchó antes de perder el conocimiento. Después, todo fue silencio.

Dentro de cada cuerpo, a mucha profundidad, existe una ciudad perdida que tiene la fluidez de las vísceras y refulge con el fósforo de los huesos. Por una de las calles de esa ciudad había llegado Martín corriendo. David había perdido el pulso, pero todavía había en su alma una mínima resistencia que le impedía abandonarse del todo. El nombre de Martín retumbaba en la cabeza de David manteniendo activo su pensamiento cuando su corazón ya había dejado de latir.

... desde el firmamento bajó la estrella de Ana Bron, la de aquella adolescente que fue tallada a besos una noche de verano, para posarse en el cuerpo feliz de otro hombre...

Los muertos después de muertos sólo oyen lo que desean oír. Ana lo llevaba cogido de la mano. David no oía el clamor de la ambulancia que se abría paso en medio del tráfico, pero, en cambio, percibía la dulce voz de Ana, que lo llamaba Martín. El muerto tenía ante sus ojos cerrados una pared blanca cubriendo todo el horizonte y veía que en ella un ángel anfibio estaba escribiendo un nombre con alquitrán. Lo llevaban ya sin pulso conectado a un monitor que le mandaba resortes eléctricos al corazón. «Ya no responde», dijo uno de los servidores de la ambulancia.

El ángel escribía siguiendo un mandato cuyo origen el propio ángel desconocía. Trazó en la pared con grandes letras de alquitrán el nombre de Martín y en ese momento David abrió los ojos. «Su pulso está latiendo otra vez», exclamó Ana. La cuchillada que Bogdan le había inferido en la garganta era similar a la que Silvia había recibido y no parecía propia de un experto sino de un enamorado. Nadie es señor de su camino, ni siquiera del camino de su puñal.

Martín venía del fondo de la muerte o del tiempo cuando la ambulancia llegó a un cruce de calles que era decisivo: una llevaba al depósito de cadáveres y otra regresaba de nuevo a la pared blanca. Ana le hablaba al oído y le llamaba con el nombre de Martín para que decidiera vivir por sí mismo. En la pared blanca el ángel estaba ahora dibujando un triciclo distinto al que había aparecido en el espejo negro del prostíbulo donde David fue herido por un beso de sangre que cuajó en el silencio. El ángel dibujaba otra vida a través de otros juguetes de niño, de otros libros leídos, de otros amores sentidos, de otros viajes realizados, de otras heridas recibidas, de otros sueños, de otras caídas, y Martín se reconocía en todos ellos e incluso veía a otra paloma volar desde un cuarto trastero donde quedó otra niña Clara llorando, y se sentó bajo los tilos de la explanada del Casino de Baden-Baden en otro sillón de mimbre junto a otra Eva vestida con una falda de flores, pero en la pared blanca apareció la única Ana desnuda caminando hacia unas higueras y granados que coronaban unas ruinas donde Martín la esperaba con su cuerpo nuevo, que ya no formaba parte de ellas. «Todavía está vivo. Dese prisa», gritó Ana al conductor de la ambulancia. Durante el trayecto hacia el hospital la amante contemplaba absorta las dos heridas mortales y en cada una palpitaba un alma distinta. Una era la de David todavía. Otra ya era la de Martín.

Afuera llovía y la noche ya estaba cerrada cuando la ambulancia llegó a la rampa de urgencias y, aunque el herido de arma blanca parecía uno solo, uno más, eran dos los acuchillados en un mismo bautizo de sangre. Ana se volcó sobre ellos para abrazarlos hasta más allá de sus heridas antes de que la camilla se adentrara en un pasillo por una puerta con batientes de goma. «Espere aquí noticias. La tendremos al corriente. ¿El herido trae documentación», preguntó uno de los celadores. «No sé», dijo Ana. Y se sentó en un banco corrido de la sala de espera junto a otra gente desesperada.

Las pantallas del quirófano tenían el deslumbramiento del sol de mediodía e iluminaban el cuerpo desnudo de quienquiera que fuera el hombre tumbado en la camilla, pero la luz blanca incidía en su mente hasta llegarle al fondo del alma y allí estaba Ana caminando de forma neumática, con el violonchelo al hombro, por un jardín lleno de jaras y otras plantas silvestres junto a las cuatro adelfas que había plantado un poeta. Ana lo había llamado muchas veces con un grito de placer desde lo alto de un acantilado y, obedeciendo a sus gemidos, él se había puesto a andar hacia ella desde el fondo del tiempo. En cada orgasmo el azar de aquella mujer rubia le obligaba a variar de rumbo. Martín se movía por distintas ciudades del mundo, con diversos oficios, con otros amores, con otros sueños, pero siempre que sentía en la nuca el grito de Ana tenía enfrente un cruce de caminos y era ella la que escogía y lo iba atrayendo a su vida. Sus gritos de placer tiraban de los hilos con el mismo juego que entretiene a los dioses. Suéñame, respondía Martín a cada uno de aquellos impulsos desde el fondo de su sangre.

Mientras tanto, el cirujano de guardia examinaba también los caminos que había tomado la navaja y echaba los dados sobre las heridas. La trasfusión de sangre que le estaban haciendo era un misterio porque en el cuerpo de Martín entraba el río de todos los cuerpos sucesivos que Ana había amado a lo largo de su vida.

En la sala de espera había otra gente desesperada que aguardaba en silencio otros veredictos. Esa noche habían entrado en ese hospital al menos veinte navajazos de reyerta pero sólo uno tenía la urgencia del amor. Ana recordaba ahora cuánto había querido a David. Los más bellos momentos de su vida los había compartido en aquellos viajes que él le preparaba con la imaginación. No hacía ni dos horas que había soñado que navegaba con él rumbo a Alejandría pero ella llevaba dentro una tempestad y habían naufragado. Se prometió que no volvería a suceder. Se juró que si David sobrevivía ella le seguiría a todas partes donde la llevara, hasta el final de sus días en este mundo, y sería su cuerpo el navío más fiel, el más firme, el más seguro. En ese momento entró en la sala de espera un celador y preguntó en medio del silencio de todos: «¿Los familiares de Martín?». Ana se levantó. El celador dijo que lo acompañara. En el silencio del ascensor Ana le preguntó: «¿Cómo sabe usted que se llama Martín?». El celador le contestó: «Es el nombre que nos ha dado el herido al salir del coma. ¿Es algo raro?». Ana murmuró: «No, no, en absoluto».

Este libro
se terminó de imprimir
en los Talleres Gráficos
de Unigraf, S. L.
Móstoles, Madrid (España)
en el mes de enero de 2003